서로 섞이고
완벽히 녹아들
시간

서로 섞이고
완벽히 녹아들

시간

Standing egg

흐름출판

뭉근하게 섞여가는

찰나의 시간

무미건조한 하루를 버틸 수 있도록
무언가에 애정을 쏟는 일

커피를 처음 마셔본 건 언제였을까? 전혀 기억나지 않는 그 순간이 지금 이 책을 쓰게 된 출발점이었을 테니 인생이란 정말 어찌 될지 모르는 무엇인 것 같습니다. 제가 커피를 이렇게까지 좋아하게 될 줄은 몰랐으니까요. 모르긴 몰라도 제가 처음 커피를 마셨을 당시만 해도 맛있는 커피를 파는 카페는 정말 드물었으니 아마 제가 처음 마신 커피는 맛도 향도 그다지 특별하진 않았을 겁니다. 그럼에도 저는 처음 마셨던 그날의 커피를 떠올리며 다음에 또 어디선가 커피를 주문하고 또 마셨을 테지요. 누군가를 향한 영글지 못하고 서툰 마음을 '사랑'이라는 단어로 스스로 부르기 시작한 '어느 날'이 진정 마음이 통하는 사람을 만나 매일 가슴이 뭉클해지는 사랑을 하게 된 '오늘'이 되기까지도 이와 비슷한 과정이었으리라 생각합니다.

다른 누군가와 마찬가지로 저 또한 종종 엉망진창인 하루를 보내기도 합니다. (떠올려보니 그런 날들이 꽤 자주 있네요.) 뮤지션이자, 카페 주인, 글을 쓰는 일까지 직업도 여러 가지다 보니 심란해지는 일들도 다양합니다. SNS상에서 보게 되는 '독한' 악플에 마음이 상하는 날도 있고, 카페에 손님이 거의 오지 않아 노심초사하는 날도 있습니다. 그러다 보면 어떤 날은 정말이지 최악인 날도 있지요. 하지만 저는 다음 날도 어김없이 아침 일찍 일어나 다시 커피 물을 데웁니다. 커피 콩을 갈고, 천천히 커피를 내리고, 예쁜 잔에 담아 테이블 위에 조심스레 내려놓고는 커피 향이 피어올라 천천히 방 안에 퍼지는 모습을 바라봅니다. 역광으로 들어오는 빛에 수증기가 모락모락 피어오르는 장면을 잠시 동안 음미하다 보면 이런 사소한 순간들이 모여 언젠가 작지만 단단한 조약돌 혹은 꽤 커다란 바위가 되어 일상을 지탱해줄 거라는 사실을 다시금 떠올리게 되고, 새로 시작될 오늘을 '한 번 더' 기대하고 사랑할 수밖에 없어집니다.

카페마다, 바리스타마다 각자의 방식이 있긴 하지만 일반적으로 에스프레소를 추출하는 데는 30초 미만, 핸드 드립으로 커피를 추출하는 데는 2분 남짓의 시간이 필요합니다. 이는 결코 긴 시간이 아닙니다만 세계 각국의 다양한 원두들, 로스팅의 정도, 물의 온도, 다양한 추출 방식들과 다양한 커피 잔까지, 그 조합이 무궁무진한 덕분에 매 순간 다른 맛에 대한 경험과 감상을 이끌어냅니다. 와인의 매력도 이와 비슷하지만 커피의 경우가 조금 더 커피 한 잔을 만드는 사람—바로 '나 자신'의 행동—에 따라 그 맛이 변한다는 점에서 더욱 매력적이라고 생각합니다.

이 책에는 세계 이곳저곳을 다니며 들른 카페들과 그곳에서 겪었던 에피소드, 그리고 그에 대한 저의 감상들이 다채롭게 담겨 있지만 결국 저는 그저 이 이야기를 하고 싶었던 건지도 모르겠습니다.

우리가 무미건조한 하루를 버틸 수 있도록, 그리고 내일을 다시 기대하도록 만드는 것은 무언가에 깊은 애정을 쏟는 것, 조금만 더 오랫동안 바라보고 그 안에서 어떤 의미를 '추출'해내려는 노력이 아닐까요? 나의 수더분한 일상 속에도 분명, 뭔가 의미가 있으리라는 희망이 있기 때문이 아닐까요? 그것이 꼭 커피가 아니라 하더라도 말입니다.

커피를 좋아하시는 분들에게, 혹은 저희 음악을 좋아하는 분들, 저희 카페를 찾아주시는 손님들에게, 제 주변의 친구들에게 저는 무엇보다 이런 이야기를 전하고 싶었습니다.

이 책을 읽고 난 후, 주말 늦은 아침, 동네의 가까운 카페로 가서 바리스타에게 "오늘은 어떤 원두가 있나요?"라는 말로 대화를 시작하고, 자신의 취향에 딱 맞는 커피를 만나거나 언젠가 완벽히 내려진 커피 한 모금 안에서 오렌지, 딸기, 월넛, 허브, 꿀이 가득한 꽃을 경험하게 될 여러분을 상상하면 벌써부터 행복해집니다. 저희 카페에 찾아와 이 책을 읽었다는 말과 함께 저에게 커피 한 잔을 주문하는 손님을 만나게 될 순간도 떠올려봅니다.

그런 날이 올 때까지 얼마나 긴 시간이 걸릴 지는 모르겠습니다만, 그래도 설레는 마음을 간직한 채 조용히 그 순간을 기다리겠습니다.

서로 섞이고 완벽히 녹아들기 위해서는 언제나 충분한 시간이 필요한 법이니까요.

- 2019년 어느 겨울날,

에그 2호

여전한 것들에 대한 예찬

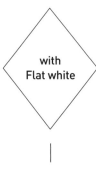

with
Flat white

in Yeonhui—dong

내가 연희동을 좋아하는 이유는 특유의 '여전함' 때문이다. 몇몇 가게가 새로 생겼고, 또 몇몇 가게는 사라졌지만 그래도 내가 처음 연희동이라는 동네에 호감을 갖게 만들었던 온화한 분위기는 여전하다. 오래된 중식당들도 여전하고, 단골 카레집의 카레라이스 맛도 여전하다. 8월이면 온 동네에 울려 퍼지는 매미 소리도, 골목을 걷다 보면 나타나는 작은 공원의 나무 그늘도, 그곳에 조용히 앉아 있는 어르신들의 모습도, 그 옆쪽에 연애 시절 아내와 김밥을 한 줄씩 사서 나눠 먹던 벤치도 여전하다. (그 앞에 있던 크루아상 가게는 어딘가로 옮겨갔지만.)

그리고 흰색으로 칠한 낡은 2층 건물. 16개의 좁은 계단을 밟고 올라가면 '매뉴팩트 커피MANUFACT COFFEE'도 여전히 그대로 있다.

연희동에 매뉴팩트가 처음 문을 열 당시부터 난 이곳이 좋았다. 입구에 마주 놓인 한 쌍의 1인용 가죽 소파, 벽을 마주 보는 좁은 바, 벽장을 채운 세계 각국의 원두 봉지, 나무로 투박하게 짠 넓은 테이블, 고소하고 달짝지근한 원두 향까지 모든 게 애당초 이곳에 이대로 있었던 것 같은 느낌이 들었다.

독특한 콘셉트, 좋은 디자인 가구, 세련된 인테리어 소

품만으론 결코 만들어낼 수 없는 느낌적인 느낌, 말 그대로 '바이브'가 느껴졌다. 근사하게 꾸민 것도 물론 나름대로 의미가 있지만, 결코 진정성 있는 것을 대신하지는 못하는 법이다.

"플랫화이트 한 잔요."

내가 이곳에 올 때마다 주문하는 커피 또한 여전하다. 겨울에는 따뜻하게, 여름에는 아이스로 주문할 뿐이다. 에스프레소의 끈적하고 고급스러운 캐러멜색이 천천히 하얀 우유 안으로 스며들면서 만들어내는 신비로운 무늬는 마시기 전부터 이미 눈을 황홀하게 한다. 어느 여류 작가의 에세이에서 무더운 여름날 아이스 라테를 마실 때 일단 한 모금 먼저 마실까, 빨대로 저어서 마실까 고민한다는 글을 본 적이 있는데, 나라면 아무리 무덥다 해도 빨대를 휘휘 저어서 이런 근사한 광경을 망쳐버리는 짓은 결코 하지 않을 것이다. 오히려 조금이라도 더 오래 봐야 마땅하다. (플랫화이트는 양이 많지 않기에 아껴 마시고 싶기도 하고.)

매뉴팩트의 플랫화이트가 특별한 이유는 뭘까? 사람마다 의견이 다를 순 있겠지만 나는 매뉴팩트 커피의 특

별함은 그들이 추구하는 단순한 철학에 있다고 생각한
다. 변화무쌍한 트렌드나 남녀노소를 불문한 '보편적인
맛', '타임리스timeless한 맛'. 우유와 섞일 것을 생각해 원
두의 고소한 맛과 단맛이 최대한 살아나도록 볶은 후, 숙
련된 바리스타들이 개성이 강하진 않지만 안정성이 장점
인 라마르조코La Marzocco 에스프레소 머신으로 절묘한 타이
밍에 에스프레소를 추출해낸다. 이는 바리스타들에게는
어느 것 하나 특별하게 들리지 않는 교과서 같은 이야기
다. 하지만 요즘 같은 시대에 '유니크함', '특별함' 같은
단어 대신 '안정성'과 '보편성' 같은 가치를 좇는 것은 결
코 쉬운 일이 아니다. 처음 '매뉴팩트'라는 단어를 들었
을 때 느껴지는 무미건조함 혹은 딱딱함 또한 이곳의 커
피를 마셔보면 진지함, 굳건함으로 다가온다.

　그래서인지 연희동 매뉴팩트 커피는 찾는 사람들의 연
령대 또한 다양하다.

　멋을 한껏 부린 젊은이들이 점령하지 않은 카페, '해시
태그'나 '핫 플레이스'라는 단어와도 어딘가 어울리지 않
는 이 카페가 왜 오히려 특별하게 느껴지는 걸까? (은은
하게 멋이 나지만 결코 뽐내지 않는 듯한 느낌의 중년 손님들
이 커피를 앞에 두고 책을 읽는 모습을 우리나라에서도 볼 수

있단 말이다! 바로 이곳에서!)

나는 세상엔 여전해야 하는 것들이 있다고 믿는다. 오랜 시간 여전할 때 점점 아름다워지는 것들이 있다고 믿는다. 그럼에도 불구하고 뭐라고 불러야 할지 모르는 절대적인 무언가가 어느 날 우리로부터 그 여전한 것들을 순식간에 앗아버리곤 한다. 어린 시절, 좋은 일이 있을 때마다 온 가족이 외식을 하러 가던 동네 돼지 갈비집은 세련되고 깔끔한 3층 건물의 대형 식당으로 변해 있고, 넓은 창을 가득 메우는 가로수의 초록빛이 좋아서 자주 가던 조용한 연남동의 카페는 문을 닫았다.

이것은 어느 누구의 잘못도 아니고 그저 삶이 우리에게 야박한 탓이다.

그래서 이 삶 속에서 하루를 버텨야 하는 나는 오늘도 연희동 길을 걷고, 매뉴팩트 커피로 가기 위해 16개의 작은 계단을 걸어 올라간다. 문을 밀고 들어가는 순간, 나는 오늘도 이 안에 가득한 '여전함'들에 한 번 더 안도한다.

이곳에서
행복해지는 방법

with
Hand drip
coffee

in London

우울한 기분에 취하고 싶다면 프란츠 카프카나 미시마 유키오의 소설을 읽는 건 그다지 좋은 방법이 아니다. 따뜻한 방 안에서 읽는 울적한 분위기의 소설들은 그저 낮잠만 유발할 뿐이다. 진정한 우울함이 어떤 건지 경험하고 싶다면 1월에 런던을 방문해보기를 강력 추천한다. (그리고 딱 한 달 정도 머물러보라.)

1월의 런던은 오후 4시면 해가 지고, 이틀에 한 차례씩 비가 내린다. 차가운 겨울비에 젖은 채로 거리를 돌아다니다가 3주째 엘리베이터가 고장 난 오래된 5층 건물 꼭대기의 작은 방까지 걸어 올라가면 기분이 아주 그만이다(물론 반어법이다.). 숙소 주인에게 엘리베이터를 언제 고치는지 최대한 정중하게 물어봐도 그녀에겐 "유감스럽지만 엘리베이터가 고장 난 게 내 탓은 아니잖아?" 같은 뉘앙스의 대답만 돌아올 뿐이다. 하지만 그때 그녀가 지은 표정이 진심으로 억울해 보여서 나는 그냥 허벅지를 부여잡고 3주째 좁아터진 계단을 오르내리고 있다. 물론 그녀의 말대로 그녀가 직접 엘리베이터를 고장 내진 않았겠지만, 재빨리 고쳐주지 않는 건 집주인의 탓이라는 걸 왜 모를까! 그렇다, 그녀는 제일 아래층에 살아서 엘리베이터를 탈 일이 없다!

오늘은 이 글을 쓰기 위해 노트북으로 자료들을 서칭하던 중 와이파이가 너무 시원치 않아 혹시 이 건물 인터넷에 무슨 문제가 있냐고 물었는데, 그녀는 이렇게 대답했다.

"맞아, 굉장히 느려! 나도 가끔씩은 정말 속이 터질 지경이야."

(그래서 나는 결국 숙소 근처 디자인 뮤지엄의 도서관으로 옮겨와 이 글을 이어 쓰고 있다.)

런던에 대해 조금만 더 불평해도 될까? 런던의 음식은 이미 형편없는 걸로 유명하니 짧게 얘기하자면, 나는 왜 이들이 다양한 식재료를 모조리 기름에 튀기려고만 하는지 이해할 수가 없다. 런던을 대표하는 음식인 피시앤칩스를 생각해보라. 맙소사! 생선과 감자를 둘 다 그저 기름에 튀겨서 내놓는 게 요리의 전부라니! 게다가 식당 안에서 음식을 먹기 위해선 또 다른 불편을 감수해야 한다. 대부분 식당은 테이블 간격이 좁아서 늘 몸을 식탁에 바짝 붙이고 웅크린 채 앉아서 가방 둘 곳을 두리번거려야 하기 때문이다. 하지만 대부분의 런더너는 내 자리까지 침범한 그들의 짐을 치워주지 않는다. 내가 가방을 놓기 위해 조심스레 그쪽으로 밀치면 나를 뚫어져라 쳐다보기에 오히려 내가 먼저 "Sorry"라고 말하게 된다. (내 자리란 말이다!) 식사를 마친 후 계산서를 보면 울분이 폭발 직전에 이른다. 이뿐만이 아니다. 종종 고장 난 전철 안에 갇히거나 멀쩡하던 지하철역 출구가 갑자기 폐쇄됐다며 다른 역에 내리라는 방송이 나오기도 한다. 물을 마시기 위해 싱크대의 수도꼭지에서 물을 틀면 투명한 컵 속을 둥둥 떠다니는 하얀 이물질을 봐야 한다. (아, 투명한 물 한 잔조차 마음대로 마실 수 없다니.)

하지만 이 모든 것을 뒤로 하고 이곳에서 나를 우울하게 만든 가장 큰 요인은 내가 이 모든 것을 결코 불평할 수 없다는 점이었다. 불평을 하면 나를 예의 없는 사람으로 느낄까 봐 걱정했기 때문이고, 나의 불평을 있는 그대로 쏟아낼 수 있는 '이곳 사람들의 언어'를 갖추지 못했기 때문이며, 조금만 견디면 다시 내가 살던 곳으로 돌아간다는 사실을 알고 있었기 때문이다.

하지만 그것을 깨닫는 순간 런던에서의 울적함을 극복할 유일한 방법 또한 자연스레 떠올릴 수 있었다. 그건 바로 나 스스로가 여행자가 아닌 런더너가 되기로 마음먹는 것이었다. 즉 내가 묵고 있는 곳—3주째 엘리베이터가 고장 나 있는 5층 건물의 꼭대기 낡은 방—에서 나만의 일상을 만드는 것이었다. 다시 말하면 비에 젖는 것을 불평하기보다 방수가 되는 외투를 한 벌 사는 것, 좁은 식당에서 내 가방이 옆자리를 침범할까 봐 너무 움츠러들지 않는 것, 그리고 누군가 말 없이 내 물건을 밀치면 눈을 부릅뜨고—내 눈은 작아서 이들만큼 강하게 어필되진 않겠지만—그들을 쏘아보는 것이다("이 좁은 공간에서 물건이 옆자리로 조금 삐져나갈 수 있는 거잖아!").

런던에서 나만의 일상을 만들기 위해 가장 처음 한 일은 이곳에서 지내는 동안 사용할 나만의 커피 도구를 사는 것, 그리고 매일 아침 마실 커피를 스스로 내리기로 마음먹은 것이었다. 서울에서 매일 아침 하듯이.

우선 근처의 가까운 카페에 들러 볶은 지 얼마 안된 에티오피아 원두를 200g 정도 사서 갈아달라고 했다. 그리고 피카딜리 서커스에 있는 차* 전문 대형 상점 포트넘 앤 메이슨Fortnum & Mason에 들러 가장 전통적인, 그래서 귀여운 하리오 스테인리스 드립 포트와 손잡이가 올리브 나무로 된 근사한 서버, 그리고 세라믹으로 만든 새하얀 드리퍼를 하나씩 샀다. 집으로 돌아오는 길에 비가 쏟아졌지만 나는 아무렇지 않은 듯 외투에 달린 후드를 뒤집어쓰고 집까지 걸어가기로 했다.

그리고 다음 날 아침이 밝자마자 부스스한 머리를 대충 손으로 쓸어 넘기고 부엌으로 가서 제일 먼저 커피 물을 올렸다. 곱게 갈린 커피 위로 끓는 물을 조심스레 붓고 나른하게 오르는 수증기를 바라보고 있자니, '일상'이라는 단어가 피어오르는 것만 같았다. 그러고는 갓 볶은 에티오피아 원두만의 상큼한 향이 방 안으로 은은하게 퍼지자 나의 우울함도 서서히 사라지는 것 같았다.

빅토리아 앤 앨버트 Victoria & Albert 뮤지엄의 멋진 지붕과 뾰족한 첨탑들이 가지만 남은 앙상한 겨울나무들과 어울려 빚어내는 멋진 풍경이 내 꼭대기 방의 작은 창문으로 들어왔다.

당신의
인생 커피는?

with
Cold brew
tonic

in Zurich

무더위가 계속되는 8월이면 '띵' 하고 떠오르는 커피가 있다. 바로 블루보틀Blue Bottle 의 시그너처 메뉴인 '뉴올리언즈'다. 처음 뉴올리언즈를 마신 이후로 몇 년 동안 뉴올리언즈는 나의 인생 커피였다. 뉴욕의 타는 듯한 8월 어느 날, 윌리엄스버그 뒷골목에 간판도 없이 무심하게 자리한 블루보틀의 구석 자리에 앉아 이 커피를 마시게 된다면 어느 누구라도 나처럼 '인생 커피'라는 말을 입에 담게 되리라 믿어 의심치 않는다.

뉴올리언즈는 굉장히 매력적인 커피다. 커피에 대해 잘 모르는 누군가가 나에게 커피를 추천해달라고 할 때면 늘 이것을 제일 먼저 권할 정도다. 우선 '차가운 에스프레소'라는 이름으로도 불리는 콜드 브루 커피는 차가우면서도 굉장히 풍부한 향미를 지녀 기본적으로 여름에 어울리는 커피인 데다 커피를 좋아하지 않는 사람도 쉽게 마실 수 있을 만큼 부드럽고 달콤하다. 단맛은 꽤 강한 편이지만 목 넘김이 경쾌해 갈증이 금세 가시는 듯한 느낌이 든다. 커피가 목을 타고 넘어간 이후에도 생전 처음 느껴보는 독특한 허브 향이 입안에 한참 동안 감돌아 어떤 커피와도 완벽히 차별화된 맛을 느끼는 동시에 그 맛이 뇌리에 깊이 남는다. 심지어 내 경우는 이 맛의 감동을 잊지 못해 '딱 한 번만 더' 마시고 싶다는 마음으로 몇 달 후 다시 미국으로 날아갈 정도였다. 오로지 커피 한 잔을 위해서 말이다. 말 그대로 블루보틀의 '시그니처'라고 할 만하다.

하지만 이제야 고백할 것이 하나 있다. 부끄러운 이야기지만, 어쩌면 뉴올리언즈가 나의 인생 커피가 된 것은 이 맛을 알게 되기 한참 전부터였을 수도 있다는 거다. 몇 년 전 라이프스타일이 근사해 보여 인스타그램을 팔로잉하던 A씨가 올린 한 장의 사진—그의 손에 들린 투명한 플라스틱 컵, 그 컵에 인쇄된 하늘색 병 모양의 로고와 블루보틀이라는 감각적인 네이밍, 자신의 '인생 커피'라는 A의 코멘트, 그리고 수천 개의 '좋아요'—에 압도되어 나는 그 순간 이미 뉴올리언즈를 내 인생 커피로 삼아버렸는지도 모른다.

어쩌면 누구나 이런 비슷한 경험이 있을지 모른다.

나를 비롯한 우리 대부분은 언젠가부터 매일 SNS를 통해 다른 이들의 삶을 관찰하고 은밀히 동경하고 있다. 우리가 동경하는 누군가가 '인생 커피'라고 극찬하며 근사한 사진을 찍어 올리면 우리는 그 사진에 '좋아요'를 누르며 그 카페에 대한 환상을 갖는다. 하지만 그 순간 우리 동네, 나의 단골 카페, 내가 즐겨 마시던 커피는 얼마나 하찮아지고 마는가. 따지고 보면 다른 이의 '인생 커피' 사진에 '좋아요'를 누르는 그 순간 슬퍼지는 것은 다른 누구도 아닌 바로 현실의 우리 자신인 것이다.

하지만 나는 오늘 여름휴가 차 머물고 있는 스위스 취리히의 뒷골목에 자리한 작은 카페 'MAME'의 창문 앞에 멈춰 서서 '인생 커피'라는 단어의 무분별함에서 오는 피로감과 그 말미에 밀려오는 '인생이란 단어의 참을 수 없는 가벼움'으로부터 벗어나기로 결심했다. 창문에 쓰여 있는 이 문장 때문이다.

'The Best Coffee is The Coffee You Like.'
당신이 좋아하는 커피가 최고의 커피입니다.

나는 이 한 문장에 이끌려 카페 MAME 안으로 들어가서 더위를 식힐 만한 커피를 추천해달라고 했다. 오늘 취리히의 기온은 35도를 기록했고, 햇살은 살갗이 따가울 정도로 강렬했다. 바리스타는 나에게 자신 있게 '콜드 브루 토닉'을 추천했다. 단 한 번도 마셔보지 않은 메뉴였지만 산미가 강한 에티오피아 계열의 콜드 브루 커피와 토닉 워터를 믹스했다는 그녀의 설명만으로 이미 마셔 보고 싶은 느낌이 들었다. 탄산을 가미한 콜드 브루라니, 얼마나 재밌고 유쾌한 커피란 말인가? 나는 그녀의 추천을 기꺼이 받아들였다.

콜드 브루 토닉을 한 모금 입에 넣자, 더위에 해롱거리던 정신이 번쩍 들었다. 제일 먼저, 커피를 마시면서 단 한 번도 예상치 못했던 탄산의 자극이 전해지고 곧바로 혀의 양쪽이 조여지는 듯한 느낌이 들 정도로 강렬한, 하지만 기분 좋게 화사한 산미가 입안 가득 퍼졌다. (나도 모르게 "와우!"라고 크게 소리를 지른 탓에 모두가 나를 쳐다봤다.) 그리고 이어서 다양한 크랜베리의 단맛이 입안에 오랫동안 맴돌았다. 말 그대로 단 한 모금에 더위를 싹 가시게 만드는 환상적인 맛이었다. 바리스타는 내 반응을 기다렸고, 내가 밝은 표정으로 "I like it!"이라고 말하자 그제야 환하게 웃으며 엄지손가락을 들어 보였다. 나에게도 카페 MAME의 바리스타들에게도 "I like it"이라는 가벼운 한마디가 '최고의 커피'라는 말과 다르지 않을 테니.

누군가의 인스타그램을 보고 찾아간 유명 카페에서 인

증 샷과 함께 '#인생커피'라는 글을 올리는 것보단 그늘을 찾아 들어간 뒷골목의 카페에서 만난 바리스타와 나눈 "I like it"이라는 한마디가 훨씬 묵직하고 의미 있게 느껴지는 새벽 밤이다.

조금만 더 시간을 줬으면
좋았을 텐데

with
Geisha

in Tokyo

처음 게이샤를 만난 건 1년쯤 전, 도쿄 번화가인 오모테산도에서 깊숙이 몇 블록 들어간 주택가의 간판도 없는 작은 카페 안에서였다. 게이샤의 본명은 '겟차'였다. 에티오피아 서남쪽 겟차 Gecha라는 숲에서 태어났기 때문이다. 하지만 에티오피아를 떠나 케냐, 탄자니아를 지나고 바다를 건너 남아메리카의 파나마까지 긴 여정—나로서는 결코 상상할 수도 없는—을 거치는 동안 겟차는 세계 여러 나라 언어로 발음되다가 언젠가부터 '게이샤'라는 신비로우면서도 관능적인 이름으로 불리고 있다(어쩌면 '게이샤'라는 발음이 이미지에 훨씬 어울렸기 때문인지도 모른다.).

게이샤에 대한 소문을 처음 들은 건 몇 년 전이었다. 커피에 관심을 가진 사람들끼리 모이는 자리에서는 어딜 가나 그 이름이 귀에 들어왔다. 게이샤를 만나본 경험이 있는 사람들은 그 이야기를 시작하기 전에 하나같이 비슷한 표정을 짓곤 했다. '아!' 같은 짧은 감탄사를 먼저 토해낸 후 잠깐 동안 처음 만난 순간, 결코 잊지 못할 그 환희의 순간을 회상하듯 그윽한 눈빛으로 허공을 쳐다보는 것이었다.

어떤 이는 게이샤에게서 신비로운 이국의 꽃향기와 달

콤함 과일의 향기가 났다고 했고, 또 다른 이는 수많은 종류의 꽃이 가득 섞인 화려한 꽃다발을 마주한 것 같았다고 했다. 또 어떤 이는 마치 신을 마주한 듯한 표정을 짓다가 결국 말을 잇지 못했다. 도저히 말로는 표현할 수 없다고도 했다. 이런 풍문을 수없이 듣다 보니 언젠가부터 '게이샤'라는 이름은 나에게도 꼭 만나고 싶은, 아니 꼭 만나야만 할 것 같은 대상이 되었다. 그래서 도쿄의 어느 조용한 골목까지 가게 된 것이다.

그날, 도쿄의 하늘은 한없이 투명했다. 걷는 내내 한적한 골목길 사이에서 연한 나뭇잎 향을 머금은 바람이 불어왔고, 따뜻한 햇살이 잘게 바스러지듯 피부에 와닿았다. 왠지 좋은 만남이 있을 것 같은 날씨였다. 작은 일본식 정원처럼 꾸민 카페 입구에서 몇 발자국 걸어 들어가 나무로 된 미닫이문을 열자 아늑한 카페 내부가 눈에 들어왔다. 카페는 한눈에 다 들어올 만큼 좁고 어둡지만 단정했다. 아기자기한 꾸밈 대신 커피에 꼭 필요한 것들만 남겨둔 듯했다. 손님은 아무도 없고, 바 앞에서 바리스타 홀로 조용히 커피를 내리고 있었다. 그에게 다가가 조심스레 물었다.

"저, 이곳에 게이샤가 있다고 해서 왔습니다."

"네, 있습니다. 그나저나 정말 운이 좋으시군요."

포마드 스타일로 머리카락을 깔끔하게 빗어 넘긴 바리스타는 옅은 미소를 띤 채 말을 이었다.

"올해 도쿄에서 게이샤를 만나는 건 아마도 오늘이 마지막일 겁니다. 잠시만 기다려주세요."

2분 후. 이제 2분 후면 내가 그토록 궁금해하던 게이샤를 직접 마주한다고 생각하니 가슴이 쿵쾅거리면서 또 한편으론 왠지 머뭇거리는 묘한 기분이 들었다. 수년간 서로 얼굴을 알지 못하는 누군가와 편지만 주고받으며 마음을 키우다가 실제로 만나기로 한 순간에 느껴질 법한 복잡한 속내였다. 그렇게 2분을 기다리고 나서 드디어 한 잔의 게이샤와 마주했다.

한 모금 입안에 넣자 몽글몽글한 느낌이 적절한 온도로 퍼지고, 혀 깊은 곳부터 잘 익은 포도의 달콤함이 진하게 와닿더니 이어서 화사한 '보라색'이 한가득 확 퍼졌다. (그래, 라벤더의 향이다.) 따뜻한 커피가 부드럽게 목을 타고 내려가면 마지막엔 지나간 달콤함과 함께 쌉싸름하고도 화한 허브의 느낌이 입안에 남는다. 깔끔한 피니시였다. 나는 마지막 한 모금을 입안에 넣고 눈을 감았

다. 마지막으로 한 번만 더 게이샤를 느끼기 위해 모든 신경을 내 입안에 집중했다. 나는 그렇게 조금씩 멀어져 가는 라벤더 향을 힘겹게 따라가고 있었다.

바로 그때, 바리스타의 목소리가 들렸다.

"어때요? 끝내주죠?"

목소리에 깜짝 놀라 눈을 뜨자 바리스타의 얼굴이 보였다. 그는 서양 사람을 흉내 내듯 눈을 한 번 찡긋하더니 자신만만한 미소를 지으며 나를 바라보았다. 그 순간 게이샤는 저 멀리 사라지고, 좁고 어두운 카페 안엔 나 홀로 남았다. 나에게 아주 조금만 더 시간을 줬으면 좋았을 텐데…… 언젠가 다시 마시겠지만 모든 일이 그렇듯 첫 경험만큼 강렬하진 않을 텐데…… 내 소중한 게이샤의 추억은 이렇게 바리스타의 눈웃음으로 마무리되고 말았다.

말 없이 카페를 나서는데, 문득 로맹 가리의 소설에 나오는 한 구절이 떠올랐다.

"마지막 남은 환상의 조각들을 빼앗기지 않는 법을 배워야 한다."

커피 한잔으로 기억될
멋진 하루를 위해

with
Cappuccino

in Italy

나의 가까운 지인 중 한 명은 커피 얘기가 나올 때마다 어김없이 20여 년 전 이탈리아를 여행하면서 마셨던 한 잔의 카푸치노에 대한 이야기를 꺼내곤 한다. (그에게는 평생 그날의 카푸치노가 카푸치노 맛의 기준이 되었다.) 커피 맛을 모르던 어린 시절에 마셨던 단 한 잔에 대한 기억이지만, 여전히 그 맛이 생생하다며 카푸치노 거품이 입술에 닿았다가 스르르 사라지는 느낌과 그날 앉아 있던 카페테라스의 풍경까지 자세하게 묘사하면서 말이다. 그때 이야기를 시작하면 그의 눈은 마치 서서히 그날의 어딘가를 향한 듯 보인다. 한 잔의 커피에 대한 멋진 기억이 그를 훌쩍 그날로 데려다놓기 때문일 것이다. 그는 이야기를 늘 이렇게 끝을 맺는다.

　"그런데 말이야, 그날 마셨던 카푸치노만큼 맛있는 카푸치노는 그 이후로 단 한 번도 마셔보질 못했어."

　하지만 나는 확신한다. 그가 당장 이탈리아로 다시 날아가 그렇게나 그리워하던 카푸치노를 같은 시간, 같은 자리에 앉아 마시더라도 예전의 그 카푸치노 맛은 결코 느끼지 못할 거란 사실을 말이다.

　추억은 언제나 미화된다거나 사람의 기억력이 형편없다는 식의 이야길 하고 싶은 것은 아니다. 오히려 평생 다시 맛보지 못할 한 잔의 커피를 여전히 그리워하는 그가 얼마나 낭만적인가를 이야기하고 싶은 것이다. 실제로 매일 수십 잔의 커피를 만들다 보면 똑같은 원두, 똑같은 방식이라 하더라도 매번 그 맛이 미묘하게 다를 수밖에 없다는 사실을 자연스레 깨닫는다. 그렇다. 만약 당신이 어느 날 평생 잊지 못할 커피 한 잔을 마시게 된다 하더라도 당신 또한 그날의 커피와 똑같은 커피를 다시는 마실 수 없단 이야기다. 그러니 맛있는 커피를 대할 때면 천천히 한 모금씩 입에 머금을 때마다 그 순간에 흐르는 음악과 주변의 공기, 빛과 온도, 앞에 앉은 사람의 표정을 기억하기 위해 온 감각을 집중해야 한다. (인생의 모든 근사한 순간마다 우리가 가져야 하는 태도가 바로 이런 것이라는 사실을 당신도 이미 알고 있겠지만.)

나는 아마도 커피에 관한 한 이런 아름다운 기억을 조금 더 많이 갖고 있는 사람일 거다.

바로 지금, 5월 초의 오후, 은은한 라일락 향기를 머금은 선선한 공기가 코끝에 닿는 기분 좋은 날이면, 10년 전 이맘때쯤 이제 막 친해지기 시작한 그—앞에서 언급했던 바로 그 지인—와 압구정의 어느 골목에 새로 문을 연 카페의 야외 테라스에 마주 앉아 이탈리아에서 마셨던 카푸치노에 대한 그의 이야기를 들으며 마신 카푸치노 맛이 자연스레 떠오른다. 더불어 세계 각국의 도시들을 여행하면서 커피 한 잔을 앞에 두고 경험했던 모든 순간들도 떠오른다. 옆 테이블에서 들려오던 이국적인 언어, 그 도시만의 공기와 온도, 카페에서 흐르던 음악, 그때 함께 있던 이들과 나눈 유쾌한 여행담 등. (나는 그런 기억들을 바로 여기 「서로 섞이고 완벽히 녹아들 시간」에 옮겨놓곤 한다.)

이런 경험들 때문인지 나는 가끔 혼자 좋은 커피를 마실 기회가 생길 때마다 자연스레 그 커피를 나눠 마시고 싶은 사람들을 떠올리게 된다. 좋은 일이 있을 때 가장 먼저 전하고 싶은 가족, 서로 힘들 때 위로 혹은 응원을 주고받는 동료들, 저녁 시간에 모여 앉아 시시콜콜한 일상을 나눌 수 있는 친구들, 늘 마주치면 눈인사를 주고받는 동네 사람들, 내 주변의 열정 가득한 젊은 예술가들에게 맛있는 한 잔의 커피를, 그리고 그 커피에 대한 근사한 기억을 선물하고 싶어지는 것이다.

이런 마음을 뭐라고 설명해야 할지는 모르겠지만 적어도 이런 마음이 내가 '모티프 커피바'의 문을 열게 된 가장 큰 이유인 것만은 틀림없다. 아니, 어쩌면 유일한 이유인지도 모른다.

아침마다 이런 마음으로 카페의 문을 연 지 어느새 1년하고도 몇 달이 흘렀다. 그리고 오늘도 나를 비롯한 모티프 커피바의 식구들은 여전히 같은 마음으로 카페의 문을 연다. 오늘의 날씨를 확인하고, 날씨에 어울리는 음악을 시간대별로 선곡한 후 첫 음반을 크게 틀고 아침 청소를 한다. 그리고 밤새 그라인더 사이에 끼어 있던 두 잔 분량의 오래된 원두를 버리고, 새롭고 신선한 원두를 다시 갈아 오늘의 첫 에스프레소 샷을 뽑는다. 그리고는 완벽한 샷이 나올 때까지 몇 번이고 다시 그라인더와 에스프레소 머신의 세팅을 조정한다. 어제와 같은 맛을 내기 위한 것이 아니다. 어제보다 더 맛있는 커피, 가장 맛있는 커피를 만들기 위해서다. 이 맛있는 커피를 함께 나눠 마실 좋은 사람들을 기다리면서, 우리가 만든 커피 한 잔으로 기억될 그들의 멋진 하루를 기대하면서.

모티프
커피바

in Mangwon—dong

풀 냄새를 머금은 오후의 열풍이 불어와 얼굴을 덮었다. '컥' 하고 숨이 막혔다. 무릎 아래를 내려다보니 내 옆을 따라 걷던 망고도 혀를 길게 내민 채 더위에 지친 눈으로 날 올려다보고 있었다. 오후 1시, 반바지 차림으로 홍제천을 따라 걷던 나는 여름이 코앞에 왔음을 실감했다. 좁다면 좁고 넓다면 넓은, 미묘한 넓이의 홍제천을 사이에 두고 맞은편에서 쉴 새 없이 조잘대며 선생님 뒤를 일렬로 따라 걷는 유치원생들의 모습이 무성하게 자란 풀들 사이로 숨었다 나타나기를 반복할 때, 윤슬이 톡톡 터지는 수면 위로는 오리 몇 마리가 나른하게 흘러가고 있었다.

'그래, 어느새 6월이구나. 6월 초에 이 정도 날씨면, 올여름은 무진장 더우려나? 너무 더우면 사람들이 집에서 잘 안 나오는데 큰일이네.'

나는 봄이 지나고 여름이 성큼 다가왔음에도 우리 카페의 매출이 좀처럼 오르지 않아 걱정을 하던 터였다. (카페는 여름이 성수기다.) 물론 개선해야 할 점이야 여러 가지 있지만 카페를 열고 1년 6개월이 지나는 동안 여전히 제대로 자리를 잡지 못하는 건 역시 주인인 내 탓이 틀림없다는 생각이 들었다.

'애초에 디저트를 팔지 않고 오로지 커피만으로 승부하겠다는 생각은 역시 무리였나? 아니면 큰 테이블 하나에 모르는 사람들끼리 자연스레 둘러앉는 게 우리나라 정서에 안 맞았을지도. 아니야, 음악이 너무 큰 것도 문제였겠지? 와서 음악을 줄여달라고 요청하는 손님들이 종종 있었으니까…….'

생각은 자연스레 '모티프 커피바'를 처음 구상하던 2017년의 봄으로 옮겨갔다. 'O리단길'이라는 이름의 수많은 길이 생겨날 즈음 이제 막 뜨고 있다는 '망리단길' 끝자락에 자리한 지인 건물 1층의 오래된 문방구가 문을 닫고 나가기로 했다는 이야기를 들었다. 내가 펜이나 메모지 따위를 사러 몇 번 들렀던, 언제나 손님이 없는 문방구였다. 나는 망리단길을 따라 천천히 걸으며 내가 사는 이 동네에 내가 매일 가고 싶고, 오래 머물고 싶은 카페가 없다는 사실을 떠올렸고, 그때부터 머릿속은 카페에 대한 갖가지 구상과 부푼 희망으로 가득 찼다.

'디저트는 절대 팔지 않을 거야. 내가 카페를 고를 때 가장 중요하게 생각하는 건 역시 커피 맛이니까!'

나는 우리 동네에서 제일 맛있는 커피를 파는 가게를 하고 싶었다. 겉으로만 흉내 낸 빈티지 감성의 카페 대신 우리 동네에 '진짜' 문화와 예술을 소개하는 공간을 만들고 싶었다. 이제 막 생긴 카페가 마치 30년 된 카페의 모습을 흉내 내는 건 정말 이상한 일이니까. (진정한 빈티지의 멋이란 단지 흉내 내는 것이 아니라 실제로 그만큼의 시간이 흘러 자연스레 그 세월이 묻을 때 생기는 것이리라.)

내가 운영하는 카페에 매일같이 들르는 단골손님들이 치열하게 자신의 무언가를 발전시키는 공간이 되길 바랐다. 그리고 30년간 이 자리를 지키면서 자연스레 이 동네의 일부가 되길 바랐다. (그때 진짜 빈티지한 멋이 가득한 카페가 되어 있겠지.)

'가게 내부엔 커다란 테이블 하나만 놓는 거야. 사람이 너무 많으면 시끄럽기 마련이지. 딱 12명만 앉을 수 있게 하자. 젊고 통통 튀는 아티스트 12명이 큰 테이블에 빼곡히 둘러앉은 모습은 상상만 해도 근사하니까. 모든 자리마다 노트북의 전원을 꽂을 수 있는 콘센트를 달자. 자기 일에 몰입하는 사람들이 오랫동안 머물 수 있는 카페면 좋겠어. 테이블 위쪽엔 알바 알토^{Alvar Aalto} 펜던트 조명을 절묘한 위치에 달아야지. 편안한 빛이 떨어지도록 말이야. 눈이 피로하면 오래 앉아 있기 힘드니까. 그리고 한쪽 벽 전체에 비초에^{Vitsoe} 606 선반을 빼곡하게 달자.

그리고 그 앞으로 비초에 620 암 체어 두 개를 마주 보게 놓는 거야.

명색이 크리에이티브한 사람들을 위한 공간인데 디터 람스Dieter Rams가 디자인한 가구보다 어울리는 건 없지. 디자인을 공부한 사람이라면 오자마자 감동하게 될 테니까. 그리고 B&W 스피커로 음악을 틀면 좋겠다. 매일 세심하게 음악을 선곡해야지. 정말 좋은 음악을 정말 좋은 스피커로 들어본 경험이 없는 사람이라면 분명 엄청나게 감동할 거야……'

이런 마음이었다. 나의 이런 마음이 오히려 가게를 어렵게 만들었는지도 모른다는 생각에 조금은 화가 나기도 했다. 겨눌 곳 없는 억울함이 밀려왔다. 그래도 별수 없었다.

한강 망원지구부터 홍제천을 따라 걸은 지 얼마나 됐을까. 서대문구청이 내 옆을 막 지나고 있었다. 처음 집을 나설 땐 답답한 마음에 그저 잠시 바람을 쐬고 싶은 게 전부였지만 걷다 보니 문득 좀 더 멀리까지 가보고 싶어 6Km를 넘게 걷는 중이었다. '홍지문 터널까지 3Km'라는 팻말이 눈에 들어왔다. 어라? 홍지문 터널을 걸어서 지날 수도 있는 거려나? 가보지 않고서는 도무지 알 수 없었다. 그래, 조금 더 가보자. 6월은 정말 좋은 계절이니까. 힘을 내서 땀이 날 때까지 뛰어보기로 했다.

It's an
Empty World

with
Americano

in Bedford Avenue

바람이 불 때마다 살짝살짝 흔들리는 나뭇잎들 사이로 햇살이 쏟아지던 어느 여름날 아침, 나는 아내와 함께 윌리엄스버그의 번화가인 베드포드 애비뉴를 따라 북쪽으로 몇 블록 걷기로 했다. 이런 날 아침을 먹기에 안성맞춤인 카페를 알고 있기 때문이다. 베드포드 애비뉴와 로리머 스트리트 나소 애비뉴가 교차하는 지점에 자리한 파이브 리브스Five Leaves는 뉴욕 여행 중 브루클린에 묵을 계획이 있는 사람들에게 종종 추천하는 가게다. 맛있는 모닝커피를 마실 수 있는 카페나 힙한 브런치 레스토랑이야 윌리엄스버그에도 많지만 굳이 몇 블록을 더 걸어서 이 식당까지 가야만 하는 이유는 바로 이 가게의 빈티지한 분위기와 그 안에 흐르는 환상적인 음악들 때문이다. 물론 이곳에서 내놓는 전통적인 아메리칸 브런치 메뉴들—신선한 베리류의 과일과 메이플 시럽을 얹은 팬케이크나 스크램블드 에그와 베이컨, 해시브라운 같은—도 모두 별 다섯 개를 주고 싶을 만큼 훌륭하지만 식사하는 동안 쉴 새 없이 흐르는 1960~1970년대 R&B, 펑키, 솔 음악은 정말이지 황홀해서 기절할 정도다. (아내는 이런 걸 '음표 샤워'라고 표현하곤 한다.) 물론 음악 자체도 좋지만 LP 위를 바늘이 타고 가면서 내는

타다닥 소리가 섞인 아날로그 사운드가 아침을 활기차게 만드는 기분 좋은 소음들―다닥다닥 붙어 앉은 사람들이 나누는 이야기 소리, 접시들이 부딪치는 소리, 아날로그 계산대에서 나는 "팅, 철컹" 하는 소리―과 어우러져 멋진 '바이브'를 만들어낸다.

나와 아내는 과일을 얹은 팬케이크와 브런치 메뉴 하나와 아메리카노 두 잔을 주문했다. 이날도 역시나 음식을 주문한 순간부터 마지막 커피 한 모금을 마실 때까지 매 순간 지나칠 수 없을 만큼 멋진 곡들이 흘렀다. 우리 부부는 아는 음악이 나올 땐 누가 먼저랄 것도 없이 '와아, 이 노래!' 하는 입 모양과 함께 서로 눈을 맞추며 감탄하는 표정을 지었고, 처음 듣는 괜찮은 곡이 나올 때면 음식을 먹다 말고 '오, 이 노래 좋은데?' 하며 오래된 라마르조코 에스프레소 머신 앞에서 정신없이 커피를 뽑고 있는 바리스타에게 달려가 몇 번이고 제목을 물었다. 그럴 때마다 바리스타는 귀에 꽂아둔 연필을 뽑아 메모지에 빠르게 곡 제목과 뮤지션의 이름을 써주며 그 노래에 대한 자세한 설명까지 곁들였다.

"'It's an Empty World'. 1973년 도매스틱 파이브라는

디트로이트 출신의 뮤지션이 부른 곡이에요, 정말 좋죠? 오늘은 디트로이트 출신 뮤지션의 음악을 연달아 선곡하고 있어요. 저도 디트로이트 출신이거든요. 이런 게 마스터피스죠. 수십 년이 지났는데도 여전히 아름답잖아요."

나는 삐뚤빼뚤한 글씨로 근사한 노래 제목을 적은 메모지를 들고 자리로 돌아와 식어버린 아메리카노를 한 모금 마셨다. 오, 그런데 그 미지근한 커피 맛이 어찌나 사랑스러운지. 그다지 특별할 것도 없었지만 카페 내부에 흐르는 음악들—캐러멜 시럽보다 달콤쌉쌀하면서 우유만큼이나 부드러운 음악, 에스프레소 같은 진한 풍미를 지닌 솔 뮤직—에 진즉에 취해 있었기 때문이다. 누군가는 커피 맛을 이런 식으로 평가해도 되느냐고 물을지 모른다. 그러면 나는 이렇게 대답하고 싶다.

"저는 커피 맛을 평가하고 싶지 않아요. 그저 커피를 마시는 순간을 즐기고 싶어요. 우리가 누군가와 사랑에 빠졌을 때처럼요."

요즘은 '스페셜티 커피(이상적인 기후에서 재배해 각 원두마다 특징적인 풍미가 있으며, 결점이 없고 스페셜티커피협회의 기준에 따라 100점 만점에 80점 이상을 얻은 커피)'가 일반화되면서 대중적으로도 '커피 맛' 자체를 즐기

고 평가하는 문화가 서서히 자리 잡고 있지만 나는 여전히 커피는 사람이 사람에게 마음을 열게 만드는 '묘약'으로서의 역할이 더 중요하다고 믿는다. 카페라는 장소 또한 맛있는 커피를 파는 가게 이상으로 사람과 사람이 만나고 이어지는 편안하고 분위기 있는 공간이어야 한다고 생각한다. 스페셜티 커피 문화는 어쩌면 유행처럼 번지다가 사라질지 모르지만 커피가 지구상에 존재하는 한 '인간적인' 의미에서의 커피 문화는 앞으로도 영원할 것이라 확신한다. 아니, 그래야만 한다. 이 '공허한 세상(an Empty World)'을 살아가고 있는 우리에게는 근사한 음악이 흐르고 그 분위기에 취해 평범한 커피마저도 특별하게 느껴지게끔 만드는 이런 카페가 꼭 필요하다.

그래서 말인데, 오늘 파이브 리브스의 턴테이블 위에서는 어떤 음반이 돌고 있을까?

각자의 취향을
갖는 세상

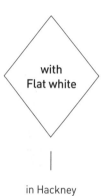

with
Flat white

in Hackney

오랜만에 쾌청하던 런던의 어느 주말 아침. 나는 이스트 런던 지역에서 요즘 가장 핫하다는 동네인 해크니에서도 최고의 핫 플레이스로 꼽히는 클림프슨 앤 선즈 Climpson & Sons의 길 건너편에 서서 카페 문밖까지 길게 늘어선 줄 속에, 하나같이 어딘지 예술적이거나 보헤미안적 감성이 느껴지는 독특한 젊은이들을 바라보며 괜스레 심술을 내고 있었다.

'핫'이라는 단어만큼 허무한 것이 또 있을까? 저렇게 길게 늘어선 줄이 과연 얼마나 지속될까? 새로운 사랑으로 지난 사랑을 지우듯 핫 플레이스 또한 매일 생겨나는 새로운 핫 플레이스에 의해 어느 순간 스르르 잊히겠지. 문제는 그것뿐만이 아니다. '취향이 좋다'는 젊은이들은 그만큼 변덕도 심해서 SNS에 '나만 알고 있는 카페'라며 실컷 자랑하고는 막상 다른 사람들이 그곳을 찾을 즈음엔 '나만 알던 곳이 유명해져서 서운하다'는 포스팅을 올리고는 또 새롭게 '나만 아는 카페'를 찾아 나서기를 반복한다. 이 친구들이 정말 커피 맛을 알긴 하는 걸까?

나는 머릿속으로 한참을 투덜거리다가 결국 길 건너 클림프슨 앤 선즈의 문 앞에 줄을 서고 말았다. 런던의 커피 맛에 이래저래 실망이 컸던 터라 기대감이 바닥이 없는데도 유명한 카페라면 줄을 서서라도 들어가고 싶은 걸 보면 나도 참 어쩔 수 없는 카페 광이다.

'이번엔 어떤 걸 마실까? 역시 플랫화이트다.'

나는 런던에 머무는 동안 플랫화이트란 플랫화이트는 모조리 다 마셔볼 심산이었다. 런던으로 여행을 다녀온 사람 중 커피를 좋아하는 사람이라면 누구나 '런던'이라고 발음하는 순간 자연스레 플랫화이트를 떠올릴 것이다. 마음까지 울적하고 스산하게 만들어버리는 런던의 겨울 아침에 마시는 플랫화이트는 마치 두툼하고 견고하게 짠 '영국산 모직 코트'의 온기를 연상시키기 때문이다. 물론 이는 순전히 런던에 대한 나의 환상을 한 스푼 첨가한 탓이다. (플랫화이트는 런던에서 만든 것이 아니라 호주 혹은 뉴질랜드에서 만들어진 후 영국으로 전해진 메뉴이다.)

하지만 플랫화이트는 그다지 특별한 커피가 아니다. 카페마다 비율이 조금씩 다르지만 일반적으로 에스프레소 샷 두 잔에 따뜻한 우유를 넣고 그 위에 아주 약간의 우유 거품을 올린 커피 메뉴다. 다시 말하면, 에스프레소와 데운 우유 외에는 다른 재료를 전혀 첨가하지 않았기에 만약 블라인드 테이스팅을 한다면 대부분의 사람은

그저 '조금 진한 카페라테' 혹은 '조금 더 부드러운 카푸치노'라고 대답할지도 모른다. 그런 미묘함 때문인지 실제로 우리나라의 수많은 바리스타는 여전히 플랫화이트의 레시피에 대해 애매모호한 태도를 취하거나, 아예 메뉴에 포함하지 않는 경우가 많다. 그래서 우리나라 사람은 런던의 플랫화이트에 환상을 갖는 건지도 모른다.

나는 여전히 카페의 문밖, 좀처럼 줄어들지 않는 줄 끄트머리에 팔짱을 끼고 선 채로 생각을 이어갔다.

'사람들은 언제부터 플랫화이트를 카페라테, 카푸치노와 구분해서 하나의 메뉴로 만든 걸까? 그 이전에 카페라테와 카푸치노는 왜 각각 다른 이름이 붙은 걸까? 그리고 플랫화이트에서 에스프레소 샷을 두 잔이 아닌 한 잔만 넣으면 그건 또 '피콜로라테picolo latte'라고 부르잖아. 그저 커피와 우유의 비율만 조금 달리했을 뿐인데 도대체 왜⋯⋯.'

여기까지 생각했을 때 드디어 가게 문 앞에 섰다. 안으로 들어가자 내부를 가득 메운 멋진 젊은이들의 열기와 소음, 스피커에서 울려 나오는 묵직한 드럼 비트가 동시에 파도처럼 쏟아지는 바람에 순간적으로 정신이 아득해졌다. 그러다 겨우 정신을 차리고, 한 사람 한 사람의 조금씩 다른 얼굴과 한쪽 벽면의 커다란 메뉴판을 가득 메운 커피 이름들을 한 번씩 번갈아가며 쳐다봤을 때 나는 스스로 답을 찾은 듯한 기분이 들었다. 유레카!

카페 안을 가득 메운 해크니 젊은이들의 개성은 마치 원색 물감을 공중에 흩뿌려놓은 것 같았다. 어쩌면 이 세상 사람들의 숫자만큼(무려 75억이다!) 다양한 이름의 커피가 존재하는 세상을 상상했다. 모두가 뻔하지 않은 각자의 취향을 갖는 세상, 그리고 그 모든 취향이 존중받는 세상은 얼마나 화려하고 아름다울까? 커피와 우유의 비율이 조금만 달라져도 새로운 이름이 붙는 커피 세계가 왠지 현재 우리가 사는 이 세상보다 훨씬 컬러풀하게 느껴졌다.

나는 75억 개의 총천연색이 이 세상 위에 흩뿌려지는 아름다운 광경을 떠올리며 계산대 앞에 섰고, 왠지 '나만의 플랫화이트'를 한 잔 주문해보고 싶어졌다.

"플랫화이트 한 잔 주세요. 아, 그런데 우유 거품을 약간만 더 부드럽게 만들어주세요."

바리스타는 웃으며 "Yes, Perfect!" 하고
엄지손가락을 치켜세웠다.

이런 즐거운 우연을
위해서라면

with
CW's Affogato

in Kuramae

지금 생각해봐도 그때 골목에 서 있는 민트색 자전거를 발견하지 못했다면 나는 결코 그 골목으로 걸어 들어가지 않았을 것이다. '구라마에'는 처음 와본 동네였기에 우선 큰 상점가를 따라 걷고 있었는 데다 그 골목은 정말이지 아무것도 없을 법한 곳이었기 때문이다. 하지만 빛이 따스하게 내리쬐는 골목 귀퉁이에 서 있는 민트색 자전거는 나를 불렀고, 나는 그쪽으로 몸을 돌렸다. 그러자마자 벽에 달린 자그마한 흰 간판에 빨간 글씨로 쓰인 알파벳 두 글자, 'CW'가 눈에 들어왔다.

그곳은 자그마한 차고 혹은 창고에 로스터기와 작은 바를 갖추고 커피를 내리는 카페였다. 나는 자연스레 그곳으로 다가갔다. 입구에는 막 볶아놓은 원두 서너 종류를 전시하고, 시음할 수 있도록 서버와 작은 컵이 놓여 있었다. 나는 그중 내가 좋아하는 에티오피아 커피 중하나인 '코체레'를 시음했다가 화사하고 달콤한 꽃과 청사과 향에 깜짝 놀라 다시 한번 이 가게의 이름을 확인했다. 이런 작은 골목에서 이 정도의 커피를 만날 거라고는 상상하지 못했다. 나중에 알고 보니 CW는 'Coffee Wright(커피 장인)'라는 자신감 넘치는 이름의 약자였고, 작은 규모이지만 도쿄에서 꽤나 이름 있는 로스터리였다.

나는 정식으로 에티오피아 코체레 아이스 한 잔과 아포가토를 주문하고는 카페로 들어갔다. 어느새 초여름 날씨라 코끝에 땀이 송골송골 맺히기 시작했던 터였다. 시원한 커피가 간절했다. 채광과 환기가 좋은 카페 내부는 아늑하고 조용했다. 투박하게 합판으로 뚝딱뚝딱 만든 것 같은 바에서는 두 사람이 로스터기 앞에서 커피콩을 지켜보며 진지하게 대화를 나누고 있었고, 두 명의 바리스타는 천천히 내가 주문한 메뉴를 만들고 있었다. 투박하게 만든 큰 테이블에는 커피를 한 잔씩 앞에 두고 조용히 대화를 나누는 노부부 한 쌍과 에스프레소 한 잔과 노트북을 앞에 둔 서양인 한 명이 둘러앉아 있었다. 말 그대로 커피 로스터리의 뒤편, 엉성한 창고 같은 분위기였지만 오후 시간의 따스한 빛, 시원한 바람, 천천히 원을 그리며 떨어지는 드립포트의 물줄기, 역으로 피어오르는 연기와 커피 향, 그리고 투박한 테이블 위 작은 화병에 꽂힌 가녀린 꽃들이 이곳의 분위기를 굉장히 편안하게 만들었다. 나른한 듯 평화로운 카페의 오후 풍경은 정말이지 사랑스러웠다.

이런 곳이라면 어떤 커피를 마셔도 맛있을 수밖에 없겠지만, 다음에 이곳에 다시 온다 해도 똑같은 빛, 똑같은 분위기가 아니라면 영원히 이 맛을 만날 수 없으리란 것도 알고 있었기에 한 모금 마실 때마다 세포에 그 맛을 새겨 넣듯 천천히 음미했다.

아이스 브루잉(핸드 드립 커피에 얼음을 넣어 시원하게 내는 메뉴)으로 주문한 코체레도 더할 나위 없이 훌륭했지만, 나를 감동하게 만든 것은 아포가토였다. 바닐라 맛 젤라토 위에 에스프레소 샷을 부어내는 아포가토는 이날 이곳의 분위기와 절묘하게 맞아떨어졌다. 작고 푸른빛이 도는 도자기 잔에 담겨 나온 CW의 아포가토는 정말이지 환상적이었다. 딸기의 싱그러운 산미와 달콤함이 도드라지는 에스프레소가 바닐라 젤라토와 만나자 마치 딸기 젤라토 같은 맛이 느껴졌다(상상해보라, 초여름 오후의 딸기 맛 젤라토라니!). 커피의 단맛과 신맛이 바닐라 맛 젤라토와 섞이면서 입안이 화사해지면 너트류의 고소함이 그 뒤를 잇고, 마지막엔 젤라토의 부드러움이 남는다. 그렇다. 이 감각을 놓칠까 곧바로 다음 한 스푼을 입에 넣었다. 아포가토는 커피 맛 아이스크림과는 전혀 다른 맛이다. '커피를 넣어 만든 젤라토' 느낌이 아니라 젤라토의 표면에 커피를 코팅한 채로 입안에 넣는 것과 비슷하다. 커피가 먼저 느껴지고 젤라토가 그 뒤를 정리하는 느

낌이랄까.

　어쩌면 우연히 나를 이 골목에 들어서게 만든 예쁜 민트색 자전거(그러고 보니 안장은 커피색이었더랬다)는 작고 푸른 그릇에 담겨 나온 아포가토에 대한 복선이 아니었을까. 물론 그럴 리 없다. 단지 우연이었을 거다. 하지만 이런 즐거운 우연을 위해서라면 나는 앞으로도 몇 번이고 예쁜 자전거가 서 있는 골목으로 들어서리라. 커피를 마시고 가게 밖으로 나오자 맞은편 동네 놀이터에서는 아이들의 까르르 웃는 소리가 들려왔다.

　아포가토의 마지막 한 스푼에 남은 밀크 캐러멜의 달곰 쌉쌀함 때문이었을까, 아이들의 웃음소리도 그날따라 더없이 달콤하게 들려왔다.

어쩌면
진짜 도깨비일지도

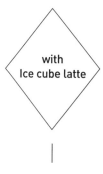

with
Ice cube latte

in Yeonnam—dong

"오호라…… 이거 정말, 도깨비 같은 맛인데요?"

"네코 상, 그런 할아버지 같은 표현을…… 어때요? 제 말이 맞죠? 정말 맛있죠?"

네코 상은 눈을 가늘게 뜨고 입안에서 혀를 요리조리 굴리며 마치 몸을 웅크린 채 맛있는 간식을 상상하며 졸고 있는 고양이처럼 오묘한 표정을 지었다. 내가 운영하는 카페의 매니저이자 실력 있는 바리스타인 '네코 상'은 마음씨 좋은 브리티시쇼트헤어 고양이를 닮아서 내 멋대로 그렇게 부르기 시작했는데, 어느 날부터 단골손님들도 모두 그를 이렇게 부른다. 그는 한참 동안 맛을 음미하더니 입을 열었다.

"네, 정말 맛있네요. 상상 이상인데요? 사장님이 맛있다고 하셔서 기대는 했지만, 그래도 상상 이상이에요. 이 커피를 만드신 분은 보통 사람이 아닌 것 같아요. 이 정도 맛은 절대로 어쩌다 얻어걸릴 수 있는 게 아니거든요. 이분이 우리 가게 근처에서 카페를 하시는 게 아니라 천만다행이네요."

네코 상은 이렇게 말하고는 다시 입안에 한 모금을 머금었다.

"네코 상, 이렇게 쉽게 의기소침해지면 곤란하다고요!

그래서 제가 이렇게 두 잔이나 사왔잖아요. 자, 계속 마셔보면서 그분이 이 '도깨비' 같은 메뉴를 어떻게 만든 건지 같이 연구해보자고요."

우리가 이런 이야기를 주고받으며 몇 번씩이나 음미하고 또 감탄한 것은 바로 연남동 '도깨비 커피집'의 '얼음 커피 우유'라는 메뉴였다. 연남동 끄트머리에 조용히 자리한 카페를 포토그래퍼인 아내의 스튜디오 근처에 있어 우연히 들렀다가 커피를 별로 좋아하지 않는 아내가 정말 맛있다며 감탄하기에, 심통이 난 채로 마셨지만 나도 그 맛에 깜짝 놀란 나머지 두 잔을 더 사서는 그 길로 택시를 잡아타고 네코 상에게 달려왔다.

쉽게 생각하자면, '얼음 커피 우유'는 커피를 얼려 냉동실에 넣어뒀다가 달콤한 무언가를 섞어둔 우유를 부어 내놓는 음료다. 하지만 그 미묘한 달콤함과 고소한 우유의 하모니가 기가 막힌 데다 얼어 있던 커피가 서서히 녹아들어 맛이 과하지 않고 은은하게 입안에 퍼진다. 커피 맛을 잃진 않았지만 이름처럼 '커피 우유'에 가까운 느낌이랄까. 흔히 '다방 커피'라고 부르는 인스턴트 맛과 전혀 다르면서도 누구나 부담 없이 즐길 수 있는 맛이었다.

단순히 시럽을 넣으면 되는 것 아니냐고 생각할 수도 있지만 달콤하면서도 근사한 커피를 만드는 일은 결코 간단하지 않다. 뭐든 시럽류를 과하게 첨가하면 커피가 지닌 좋은 맛마저 가려져 목 넘김 후엔 입안에 불쾌하고 씁쓸한 맛, 즉 커피의 안 좋은 맛만 남기 쉽다. 그렇다고 커피 맛을 강조하는 데 중점을 두다 보면 굳이 커피에 무언가를 첨가할 이유를 잃게 된다. 특히나 커피를 사랑하는 바리스타들은 '커피는 커피다워야 한다'는 생각에 사로잡혀 두 번째 오류를 범하기 쉽다. 하지만 어떤 커피도 결국은 그저 하나의 '음료'일 뿐.

'누구나 쉽게 즐길 수 있는 커피'야말로 바리스타가 추구해야 할 하나의 길이 아닐까.

네코 상과 나 그리고 우리 카페의 크루들이 합심해서 나름대로 비슷하게 만들어본 연구 결과(연구라고 하기엔 모두가 너무 맛있게 마셔서 간만에 호기심 가득한 여흥을 즐긴 것에 가까웠다.), 도깨비 커피집의 '얼음 커피 우유'는 잘 내린 콜드 브루를 물에 희석시켜 얼린 후, 그 얼음을 파편처럼 잘게 부숴서 미리 연유를 섞어둔 우유와 절묘하게 배합한 것이 아닐까 하는 정도의 결론을 내렸다. 하지만 모두가 이 말을 덧붙였다.

"그래도 역시 도깨비 커피집만큼 맛있지는 않네요. 뭔가 하나가 더 있는 것 같아요."

그 빠진 하나가 뭘까? 우리가 도깨비 커피집의 '얼음 커피 우유' 레시피를 꼭 찾아내야 할 이유도 없을 뿐더러 연남동 도깨비 커피집 사장님께 직접 여쭤보는 것 외에는 결코 그 답을 알아낼 길이 없는 듯했다. 내 개인적인 인상이지만, 도깨비 커피집 사장님은 늘 어딘가 뾰로통한 표정에 손님들과 눈을 잘 마주치지 않는 데다 네코 상이 고양이를 닮았듯 그분도 어딘가 도깨비를 닮아서 선뜻 물어볼 용기를 내기가 쉽지 않다. 하지만 '얼음 커피 우유'를 똑같이 만들 수 없으면 뭐 어떤가? 언제든 스스로 커피를 만들어 마실 수 있는 바리스타들이 일부러 어딘가에 가서 '돈을 내고 마시고 싶은' 커피가 여전히 남아 있다는 건 행복한 일이다.

비록 주말에는 늘 문을 닫고 평일에도 심심찮게 문을 닫는 카페, 문이 열려 있는 날에도 '식사하러 다녀오겠습니다'라는 쪽지만 남겨둔 채 종적이 묘연한 카페, 그래서 또 발걸음을 돌려야 하는 때가 많은 카페지만 말이다.

하긴 그럼에도 희한하게 또 가고 싶어지는 건 왜일까? 어쩌면 도깨비 커피집의 사장님은 진짜 사람을 홀리는 도깨비인지도 모르겠다.

<u>P.S.</u>

나중에 알게 된 바로는, 이 사장님 역시 커피의 도깨비 같은 매력에 흘려 다니던 대기업을 그만두고 카페를 차려 카페 이름이 '도깨비 커피집'이 됐다고 한다. 오, 헤어날 수 없는 커피의 매력이여!

Coffee Heaven

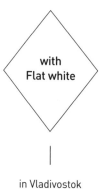

with
Flat white

in Vladivostok

블라디보스토크의 거리를 걷다 보면 차가 지나갈 때마다 매연에 숨이 턱턱 막히고, 대부분이 영어를 한마디도 못하는 이곳 사람들을 마주할 때면 말문마저 막힌다. 게다가 블라디보스토크에서 그나마 가장 번화한 굼 백화점 주변에서는 그곳을 가득 메운 채 서로 사진을 찍어주고 있는 우리나라 사람들과 어색하게 서로 눈을 피하기 바쁘다(정말 신기한 건 관광객 대부분이 우리나라 사람들이라는 사실이다.).

도대체 블라디보스토크는 어쩌다 이렇게 오직 한국인의, 한국인에 의한, 한국인을 위한 관광지가 됐을까? 시베리아 횡단 열차의 시작점이라서일까? 그래서라기엔 기차역조차 조촐하다. 나로선 정확한 이유는 알 수 없지만 적어도 이곳 사람들이 갑자기 몰려온 한국인들을 보며 고개를 갸우뚱거리고 있으리란 건 쉽게 짐작할 수 있다.

"아니, 얘네는 도대체 왜 블라디보스토크로 여행을 온 걸까?"

단도직입적으로, 2박 3일 동안 머물게 된 블라디보스토크는 여행지로 그다지 추천할 만한 곳이 아니었다. 나에게 이곳은 겨우 2박 3일간의 출장지였지만, 출장지로서도 마찬가지였다. 분명 이곳 사람들은 블라디보스토크가 갑작스레 외국인들이 몰려드는 관광지가 되리라는 걸 전혀 예상하지 못했을 것이다. 기후도 좋지 않고, 자연환경도 특별할 것이 없다. 트렌디한 느낌과도 거리가 멀고, 로맨틱하지도 않다. 고풍스러움도 없고 문화·예술적인 부분에서도 부족하다. 먹을 만한 음식도 마땅찮고 머물 만한 숙소도 마찬가지다. 결코 내가 예민해서라고 생각하진 않는다. 심지어 블라디보스토크를 소개한 모 여행 가이드북에도 이런 문구가 쓰여 있으니까.

"기대하진 말 것. '없으면 없는 대로'의 소박한 매력이 더 큰 감동으로 다가올 것이다."

그곳을 최대한 좋게 포장하는 것이 목적인 '여행 가이드북'에서조차 이렇게 말한다. 물론 이런 표현조차도 과장이었다. 아무리 기대를 버렸다 한들 감동은커녕 실망할 일들만 생겼다. 택시는 바가지요금으로, 호텔은 불친절로, 한국인 단체 관광객은 무질서로 심기를 자꾸만 건드렸다.

나에게는 숨을 곳이 필요했다. 이곳에 대한 불평, 실망 따위를 모두 피해서 그저 마음 편히 맛있는 커피 한 잔을 마시며 쉴 수 있는 곳 말이다. 이젠 그거면 됐다고 생각

했다. 그런 마음으로 급하게 계단을 올라 문을 열고 들어
간 곳이 바로 '카페마^{Kafema}'다.

문을 열고 들어서니 정면 진열장을 가득 메운 세계 각
국의 원두가 제일 먼저 눈에 들어왔다. 주위를 한 바퀴
둘러보고 이곳이 나를 구원하리라는 걸 알 수 있었다. 조
금은 촌스러운 듯한 인테리어지만 그런 건 결코 중요하
지 않았다. 역시 어떤 공간을 사랑스러운 장소로 만드는
것은 그곳을 메우는 '빛과 공기' 그리고 '사람'이다.

카페마 안에는 나에겐 가장 아름다운 커피 도구인 '케
맥스'를 사용해 행복한 표정으로 핸드 드립을 하고 있는
바리스타들, 그리고 오후의 노란빛이 들이치는 창가에
앉아 조용히 책을 읽는 사람들이 있었다. 내부는 은은한
커피 향과 오븐에 파이를 굽는 냄새, 그리고 나른하게 데
워진 공기로 채워져 있었다. 나도 모르게 눈물이 주르륵
흘러내릴 정도로 아름다운 광경이었다(여행 가이드북처
럼 조금 과장해 표현하자면 말이다.).

나는 시나몬 향이 진하게 풍기는 애플파이를 곁들여
따뜻한 플랫화이트 한 잔을 마셨다. 파이는 무난했다. 그
러나 플랫화이트의 나른한 맛이 날 서 있던 내 심기를 진
정시켜주었다. 그렇다. 세계 어디를 가든 커피는 있고,

커피를 사랑하는 사람이 있으며, 그들이 모이는 아늑한 카페가 있기 마련이다. 커피를 좋아하는 여행자에게는 이런 카페가 곧 오아시스인 것이다.

이런 생각을 하며 오후의 빛이 가득 들어찬 카페 내부를 바라보는데, 문득 벽에 붙은 종이 위에 쓰인 키릴문자가 눈에 들어왔다. 절대 읽을 수 없던 러시아의 낯선 문자지만 이 순간 왠지 벽에 붙은 그 단어만은 이해할 수 있을 것 같았다.

'КОФЕ НЕДЕЛИ'

'COFFEE HEAVEN'이란 뜻이 아닐까. 그 순간의 카페마가 나에겐 분명 천국으로 느껴졌다.

<u>P.S.</u>
우스운 이야기지만, 나중에 한국에 돌아와 알게 된 바로 그 키릴문자는 싱겁게도 단순히 '커피 위크^{COFFEE WEEK}'라는 뜻이었다.

결국 내 마음을
움직이고 만 그것

with
Caffe latte

in Shibuya

도쿄 시부야의 뒷골목, 한 카페의 문 앞에서 우리 카페의 매니저인 네코 상과 나눈 대화를 되뇌었다.

　"본격적으로 커피를 좋아하게 된 건 역시 라테 아트 때문이었던 것 같아요."

　네코 상은 누군가에게 직접 라테 아트를 배운 적은 없지만, 라테 아트로 유명한 바리스타들의 유튜브 영상을 보면서 굉장히 오랜 시간 동안 라테 아트를 연습했다고 했다. 내가 라테 아트의 매력이 뭔지 물었을 때 네코 상은 허탈하게 만드는 짧은 대답을 한 후 수줍은 듯 배시시 웃었다.

　"헤헤, 예쁘잖아요."

　나는 '아트'라는 단어 앞에서는 유난히 까칠해지곤 한다. 나도 모르게 왠지 진지해진다고 할까? 아마도 내가 커피 애호가이기 이전에 음악 만드는 일을 하고 있기 때문일 거다. 나에게 아트라는 단어는 결코 가볍게 여겨서는 안 되는 것, 입 밖으로 너무 쉽게 내뱉어서는 안 되는 단어, 평생을 거쳐 도달해야만 하는 굉장히 멀고 까마득한 목표점 같은 것이다. 그런 의미에서 나는 늘 라테 아트를 보며 심기가 불편했다. 마치 볼거리로 맛을 현혹시키는 것 같았고(실제로 그런 것이 있는지는 모르겠지만),

'커피의 본질'을 흐리는 것처럼 느껴졌기 때문이다. 따지고 보면 비빔밥 재료들을 밥 위에 예쁘게 둘러 얹는 것도 다르지 않은데 아마도 '아트'라는 단어를 붙인 것 자체가 내 심기를 살살 건드린 것 같다. 단지 예쁘고 신기하기만 한 것들을 나는 결코 아트라고 인정할 수 없었다.

"예술이라면 자고로 마음을 움직여야죠. 사람의 마음을 송두리째 흔드는 뭔가가 있어야 한다고요. 의미도 있어야 하고요. 진정한 예술이라면 시간도 초월해야 해요. 베토벤 교향곡이 지금도 우리에게 감동을 주는 것처럼요. 저는 수십 번을 읽었지만 지금도 헤밍웨이의 〈노인과 바다〉를 읽을 때마다 눈물이 날 것 같다고요! 이런 게 예술이죠. 네코 상, 제 말이 틀렸나요?"

내가 예술이란 단어에 열을 올리는 동안 네코 상은 팔짱을 낀 채 '그런가?' 하는 표정을 짓다가 다시 한번 웃으며 말했다.

"사장님, 그래도 역시 라테 아트는 신기해요. 헤헤."

네코 상의 이런 무심한 리액션이 나도 모르는 사이에 나를 이곳 시부야의 뒷골목으로 데려다 놓은 것이다. 내 눈으로 직접 라테 아트의 진수를 보고 싶은 마음에 찾은 카페가 바로 스트리머 커피 컴퍼니Streamer Coffee Company였다. 2008년 시애틀 라테 아트 챔피언십에서 역대 최고점으로 우승했다는 사와다 히로시澤田洋史가 운영하는 이 카페는 현재 여러 지점을 갖고 있지만, 어느 지점을 가나 최고 수준의 라테 아트를 선보이는 것으로 유명하다. 하지만 나는 몇 분째 문 앞에서 들어가지 못한 채 망설이고 있었다. 여전히 '아트'라는 말에 심기가 불편했던 탓이다.

'내가 그럴 줄 알았어. 커피는 역시 맛이 중요한 거예요, 맛! 아트는 무슨……'

나는 서울로 돌아가자마자 네코 상에게 이렇게 큰소리칠 생각을 하며 안으로 들어가 카페라테 한 잔을 주문하고는 빛이 잘 드는 입구 쪽 바에 자리 잡고 앉았다. 그리고 레게 머리를 한 서양인 바리스타가 각각의 잔마다 다양한 '그림'을 섬세하고 능숙하게 그려내는 모습을 지켜봤다. 내가 들은 바로는 세계 대회에서 우승할 만큼 섬세한 그림을 표현하기 위해서는 우유의 온도가 일반 카페라테보다 조금 낮아야 한다거나, 혹은 애초에 로스팅 단계부터 라테 아트를 하기 적합하도록 따로 로스팅한다는 이야기도 있다. 이는 말 그대로 눈에 보이는 아트를 위해 맛을 조금 포기한다는 뜻이지 않은가. 나는 다시 한번 마음을 굳게 먹었다. 결코 눈에 보이는 그림에 현혹되지 말고 오직 '한 잔의 카페라테'로 대하리라.

하지만 그렇게 몇 분이 지난 후 내 앞에 한 잔의 카페라테가 놓였을 때, 창밖에서 눈부신 한 줄기 빛이 들어와 커피 잔을 아름답게 가로질렀다. 나는 그 황홀한 광경을 놓치지 않기 위해 곧바로 카메라를 들었다. 그렇게 뷰파인더를 통해 내 앞에 놓인 카페라테를 바라봤고, 그 순간 나도 모르게 내가 결코 쓰고 싶지 않았던 단어를 입 밖으로 내뱉고야 말았다.

"와아, 세상에! 예술이네 진짜!"

라테 아트가 결국 내 마음을 움직이고 만 것이다.

언젠가 꼭
다시 마시고 싶어서

with
Americano

in Hapjeong—dong

12월이 되니 머릿속에 문득 떠오르는 커피가 있다. 아니, 엄밀히 말하자면 커피가 아니라 그 커피를 만들었던 이의 얼굴이다. 손님인 나에게 커피를 내밀며 지어 보였던 그의 표정이 제일 먼저 떠올랐고, 이내 한동안 잊고 지냈던 어떤 감정이 내 가슴 위로 묵직하게 내려앉았다. 그리고 비로소 그가 내밀던 따뜻한 라떼 한 잔이 떠올랐고, 다시 어린아이 같던 그의 웃음이 떠올랐다. 그러고는 코맹맹이 소리가 섞인 그의 목소리와 커피를 내어주며 나에게 건네던 말들도 선명하게 되살아났다.

그날은 유난히도 추웠던 2016년 12월의 어느 밤이었다. 나는 합정역에서 내려 집으로 급히 가던 길에 추위를 피하기 위해 골목의 한 카페로 뛰어들었다. 평소 지나다니던 길이라 익히 보아온 카페였지만 왠지 간판의 모양이랄까, 인테리어 콘셉트 같은 것이 영 마음에 들지 않아 한 번도 들어간 적이 없는 곳이었다. 그런데 그날따라 나도 모르게 이끌리듯 불쑥 문을 밀고 들어갔다. 나는 그날 밤 합정동 카페 '레드 플랜트^{Red Plant}'의 마지막 손님이었다.

따뜻한 아메리카노 한 잔을 주문하고 바 근처의 테이

블에 앉았다. 문을 닫기 직전, 손님들이 모두 사라지고 흐르던 음악도 잦아든 카페에 홀로 앉아 커피를 기다리자니 '취이이이익' 하는 스팀 소리와 '쿠오오오' 하고 우유 끓어오르는 소리, '우우웅' 하는 에스프레소 머신의 보일러 도는 소리, '쪼르륵' 하며 작은 샷잔에 담기는 에스프레소 소리가 마치 음악처럼 근사하게 들려왔다. 커피를 만드는 바리스타의 손과 팔, 그의 행동 하나하나가 정확히 내 눈에 들어왔다. (나도 이제는 커피를 만들다 보니 자연스레 알게 된 사실이지만, 마지막 한 잔의 커피는 첫 잔만큼이나 신중하게 만들게 된다는 걸 아마 그때 그의 모습을 통해 어렴풋이 느꼈던 것 같다.)

그는 아메리카노를 내밀며 이렇게 말했다.

"1분만 더 있다가 드세요. 아메리카노는 에스프레소를 뜨거운 물에 섞는 거잖아요. 별것 아닌 것 같지만 그래도 물과 에스프레소는 서로 다른 성분이라서, 서로에게 완벽히 섞이고 녹아들 시간이 필요해요. 그제야 진짜 아메리카노가 되죠."

그리고 1분 후, 내가 커피 잔을 입에 대자 마치 예언하듯 그가 말을 이었다.

"아마 딸기 맛이 날 겁니다. 딸기잼 맛이라고 해야 할까요? 아무튼 마셔보시면 '진짜 딸기 맛'이 딱 나요."

비음 섞인 목소리, 천진한 말투였다. 평소엔 그런 말투의 사람을 좋아하지 않지만 그날따라 그런 말투도 밉지 않았다. 아마 커피를 만들던 그의 세심한 동작, 표정이 다 드러나는 아이 같은 표정 때문이었으리라. 게다가 거짓말처럼 아메리카노에서는 딸기 맛이 났다. 진짜 딸기 맛이었다. 어떻게 뜨거운 커피에서 이렇게 산뜻한 딸기 맛이 날 수 있을까? 운 좋게도 신선한 스페셜티 커피, 완벽한 로스팅, 잘 추출된 에스프레소의 경지를 경험한 것이리라. 깜짝 놀라 쳐다보자, 그는 이미 내 표정을 예상했다는 듯 웃고 있었다. 내가 정신을 차린 것은 홀린 듯 따뜻한 카페라테를 한 잔 더 주문한 후였다.

"카페라테에 들어가는 원두는 아메리카노에 들어간 것과는 다른 걸 사용해요. 아까 그 커피를 우유랑 섞으면 딸기 요구르트 같은 맛이 돼버리거든요. 카페라테에는 조금 더 고소하고 기름진 느낌의 원두가 어울려요. 아, 손님, 저는 라테 아트 같은 건 잘 못해요. 관심도 없고. 그런데 이 라테는 정말 맛있을 겁니다. 맛은 자신 있어요."

그는 수줍음과 자신감이 뒤섞인 표정으로 말했다. 마치 우유와 에스프레소가 절묘한 비율로 엉겨 있는 한 잔의 따뜻한 카페라테처럼 말이다. 그리고 비록 그의 말처럼 라테 아트는 없었지만 맛은 정말 끝내줬다. 고소하고 달콤하면서 마지막까지 깔끔한 맛, 몇 잔이고 더 마실 수 있을 것 같은 맛, 절묘한 타이밍까지 볶아 고소함을 극대화한 커피가 따뜻한 우유의 부드럽고 달콤한 맛과 완벽한 비율로 섞여 추위에 날카로워진 마음까지도 부드럽게 녹여버렸다. 내가 아는 한 그는 최고의 바리스타이자 최고의 로스터였고, 예민한 미각의 소유자였다.

얼마 후, 나는 그에게 정식으로 커피를 배우게 되었다. 그리고 작년 12월, 내 카페를 오픈하면서 자연스레 그가 로스팅한 원두를 사용했다. 하지만 카페를 시작하고 몇 달 후 좀 더 다양한 커피를 경험하고 싶어 원두 거래처를 바꾸는 과정에서 본의 아니게 그와 점차 소원해지고 말았다. 나의 첫 커피 선생님 그리고 내가 그토록 좋아했던 커피를 더 이상 만날 수 없게 된 것이다. 그래서 나는 오늘 이렇게 그저 그의 표정을, 그의 말투와 그가 만든 커피 맛을 회상할 수밖에 없다. 그리고 아마 내년 이맘때도 분명 오늘처럼 그와 있었던 일들을 떠올릴 것이다. 그러

고는 결국엔 미안함과 회한, 아쉬움으로 마음이 무거워
지고 말 것이다.

사람과의 관계도 그가 말한 아메리카노처럼 '서로 섞
이고 완벽히 녹아들 시간'이 필요한 것일 텐데 나는 왜
그리 성급하게 그를 놓아버렸을까. 시간이 많이 흘러 언
젠가 12월의 어느 늦은 밤 그 카페를 찾아간다면 그의
커피를 다시 마실 수 있을까? 나를 커피 애호가에서 바
리스타로, 그리고 카페 주인으로 만들어준 그의 커피를
꼭 다시 마시고 싶다.

그래서 여전히 인간관계에 한없이 어설픈 나는 멀리서
이 글을 통해 그에게 사과와 그리움을 전한다.

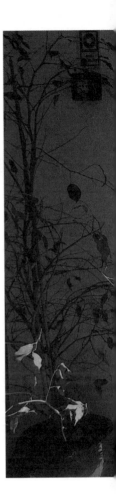

coffee
together

with
Americano

in Sanfrancisco

오랜만에 샌프란시스코를 찾았다. 샌프란시스코는 로마만큼이나 커피 맛이 좋기로 이름난 카페가 즐비한 도시이기에 매번 올 때마다 새로 생긴 카페를 돌아보는 것만 해도 시간이 턱없이 모자라지만, 그럼에도 불구하고 시간을 쪼개어 다시 찾는 카페들이 있다. 그리고 그중에 특히 아내와 함께 모닝커피를 마시기 위해 늘 가는 곳이 있다.

파란색이 선명한 하늘, 차갑지만 상쾌한 바람, 딱 기분 좋을 만큼 부드럽게 솟은 언덕, 그 위를 매끈하게 덮은 초록 잔디, 줄지어 늘어선 파스텔 톤의 아담하고 예쁜 집……. 카페로 향하는 길에 마주치는 앨러모스퀘어 공원의 아침 풍경은 우리 부부가 그곳을 좋아하는 이유 중 하나다. 두 눈과 코, 피부에 닿는 모든 것이 아침이라는 단어를 그대로 닮은 듯 신선해서 아직 몸에 남아 있던 침대와 잠의 기운을 깨끗하게 씻어낸다. 앨러모스퀘어의 한쪽 귀퉁이, 풀턴 거리와 스콧 거리가 만나는 지점에서 디비사데로 거리 방향으로 한 블록만 더 걸으면 이제 목적지 주변이다. 디비사데로 거리에 도착했다면 주변을 쓱 둘러보자. 내 아내의 길 안내를 빌리자면, 길 위에 다양한 개들이 줄에 묶인 채 얌전히 앉아 주인을 기다리고 있는 곳을 발견할 수 있는데 여기가 바로 우리의 목적지, '더 밀The Mill'이다.

더 밀은 샌프란시스코를 대표하는 로스터리 카페 중 하나인 '포 배럴즈Four Barrels'와 샌프란시스칸들이 사랑하는 빵집 '조시 베이커 브레드Josey Baker Bread'의 협력으로 탄생한 베이커리 카페다. 그래서 샌프란시스코 최고의 커피와 함께 방금 구워낸 빵 위에 시즌별로 달라지는 다양한 과일 잼을 듬뿍 올린 환상적인 토스트를 먹을 수 있다. 맛있는 커피라면 정신을 못 차리는 나와 커피는 좋아하지 않지만 대신 빵을 무척이나 좋아하는 아내가 함께 행복해질 수 있다는 점이 바로 우리가 이곳을 찾는 가장 큰 이유다. (이런 곳을 어떻게 사랑하지 않을 수 있을까?)

우리는 크랜베리 잼을 올린 토스트와 아메리카노 세트를 주문했다. 투박하게 썬 두꺼운 갈색 식빵 위에 진득한 붉은색 크랜베리 잼을 올린 토스트를 한입 베어 물자 자연스레 따뜻한 커피를 한 모금 마시고 싶어진다. 커피 향이 입안 가득 퍼지면 이내 다시 토스트 쪽으로 시선이 간다. 아내는 토스트는 자기 것이라며 눈치를 준다. 나는 장난스레 서운한 표정을 지으며 커피를 한 모금 더 마신다. 그리고 토스트를 맛있게 한입 베어 무는 아내의 모습

을 힐끔 보며 더없이 행복해진다. (아, 이 글을 쓰면서도 토스트 맛이 떠올라 혀 양쪽 끝으로 침이 고인다.)

하지만 이곳이 나에게 특별한 가장 큰 이유는 바로 '함께'라는 단어를 꺼낼 때 가슴에 느껴지는 울림 때문이라고 생각한다. 더 밀은 이곳을 이루는 모든 것, 이를테면 커피와 빵, 과일 잼뿐 아니라 버터와 초콜릿 그리고 다양한 상품까지 대부분 샌프란시스코의 크고 작은 가게에서 공급받는다. 그리고 이곳에 활기를 불어넣는 마을 사람, 더 밀의 직원, 그곳을 찾는 손님 또한 다양한 인종, 다양한 연령대, 다양한 부류가 자연스레 어우러진다. 마치 거대한 캔버스 위에 온갖 컬러를 흩뿌려놓은 미술 작품을 연상케 한다. '샌프란시스코' 하면 자연스레 떠오르는 것들, 곧 다문화의 공존, 다양성의 존중, 서로 간의 화합을 '동네 카페'를 통해 실현해나가고 있는 것이다. 동네 사람들은 서로 눈을 마주치고, 환하게 웃고, 반갑게 아침 인사를 나눈다. 짧은 순간이지만 그들의 표정에서 일상의 행복이 선명하게 드러난다. 카페를 가득 메운 이들의 기분 좋은 소음, 따뜻한 커피 한 잔, 달콤한 토스트 한 조각이 만드는 풍경이 이다지도 아름다울 수 있다니. 우리가 행복이라고 부르는 것이 바로 이런 것 아닐까.

전하지 못한
커피

with
Hand drip
coffee

|

in Kyoto

초여름, 이제 막 냇가의 수국이 한두 송이씩 피기 시작할 무렵이었다. 새벽 내내 소나기가 내려서인지 수로의 물은 청량한 소리를 내며 흐르고, 초록빛이 짙어진 벚나무 그늘 아래로는 선선한 바람이 불어와 설렁설렁 걷기에 더없이 좋은 날이었다.

'철학의 길'이라는 근사한 이름의 산책로는 아내와 내가 좋아하는 장소다. 좁은 길을 따라 수로의 물소리를 배경 삼아 이런저런 얘기를 나누며 걷다 보면 언제나 좋은 추억거리를 하나씩 만들곤 하기 때문이다. 이 산책로는 유명한 영화들의 로케이션으로도 종종 등장해 꽤 이름난 관광 명소 중 하나지만 실제로는 언제나 한적하다. 아직까지는 그저 별생각 없이 천천히 걷기 위해 오는 사람이 많지 않은가 보다.

우리 부부는 이날도 점심으로 오래된 식당에서 오므라이스를 한 그릇씩 비우고는 기분 좋게 이 길을 따라 걷기 시작했다. 반듯한 돌들을 보폭에 맞게 놓아 한 걸음 한 걸음 징검다리처럼 내딛도록 만든 산책로는 마치 우리 부부에게 천천히, 더 천천히 걸어도 된다고 타이르는 것 같았다. 그렇게 얼마나 걸었을까? 수로 쪽으로 창을 낸 작은 카페들을 몇 개 지나고, 작은 빙수 가게를 지났다.

은각사('철학의 길'이 끝나는 곳)가 얼마 남지 않은 지점이었을 것이다. 작은 다리 위에 앉아 밀짚모자를 푹 눌러쓰고 연필로 섬세하게 풍경을 그리고 있는 '거리의 화가'를 만났다.

그는 자신이 그린 그림들을 복사해서 팔고 있었다. 오직 연필만으로 그린 그림이었지만 수로 위로 우거진 나뭇가지들이 만든 초록의 터널, 나뭇잎 사이를 파고들어 물 위에서 부서지는 눈부신 윤슬과 나뭇잎 그림자까지도 굉장히 세밀하게 표현해 마치 사진처럼 생생했다. 아무튼 그 그림은 내 마음을 흔들었다. 이날 내가 이곳에서 봤던 생생한 초여름의 풍경이 그대로 담겨서일까? 화가의 집요한 관찰과 끈기, 정밀함을 향한 정열이 느껴져서일까? 아니면 단지 밀짚모자 챙 아래로 빛나는 그의 눈빛 때문이거나 짙은 갈색으로 그을린 그의 앙상한 팔 때문이었는지도 모른다. 우리는 그의 그림을 사기로 했다. 여행을 마치고 집에 돌아가 이 그림을 서재 한편에 걸어두면 이날의 기분이 그대로 되살아날 것만 같았다. 그림이 마음에 든다고 하자 화가 아저씨는 환한 미소를 보이며 고맙다고 했다. 햇볕에 그을린 갈색 피부 때문인지 치아를 드러내 웃는 그의 미소는 더 환하게 보였다. 그는

영어를 드문드문 섞어가며 우리에게 자신의 이야기를 들려줬다. 그는 3년째 이 자리에서 그림을 그리고 있다고 했다. 그래, 3년 동안 한자리에 앉아 한곳을 바라보면 이렇게까지 세세하게 이곳을 그려낼 수 있는 것이다. 오랜 시간을 들여 모든 빛과 그림자, 나뭇잎 하나하나를 애정 어리게 바라봐야 그릴 수 있는 것이다.

"에에… 아이 엠 어 티쳐… 앤드… 아이 엠… 어 스튜던트… 하하하."

내가 독학으로 그림을 공부했단 뜻이냐고 되묻자 그는 멋쩍게 웃으며 바로 그 얘기라고 했다. 그는 3년 전, 평생을 근무한 회사에서 해고된 후 매일 이 길을 걸었다고 했다. 그러다 어느 날 이 다리 위에서 이곳을 그리고 싶어졌고, 그날부터 매일 이곳에 나왔다. 아내와 나는 그림을 받아들고는 화가와 작별 인사를 나눈 후 한동안 서로 말 없이 걸었다. 복사본이긴 하지만, 우리가 받아든 이 그림에는 그의 3년—그간의 상실감과 고민, 그리고 그걸 이겨낸 결심, 그렇게 새롭게 시작된 인생—이 그대로 담긴 것만 같아서 어떤 얘기도 쉽게 꺼낼 수 없었던 탓이다.

두 시간이 넘도록 쉬지 않고 걸었더니 목덜미엔 땀이

맺히고 목이 말랐다. 우리는 '철학의 길' 끝과 은각사로 가는 초입 상점가가 만나는 곳에 있는 'Drip & Drop'이라는 이름의 작은 커피 스탠드Coffee stand에 들러 커피를 주문했다. 'Drip & Drop'은 에스프레소 머신과 핸드 드립을 할 수 있는 공간을 'ㄴ'자로 배치하고, 그 앞으로 놓인 바에 겨우 5~6명 정도 둘러앉을 수 있는 곳이었지만 바리스타들은 능숙했고, 원두 큐레이팅 또한 굉장히 전문적이었다. 나는 부드럽게 볶은 콜롬비아 원두를 골라 핸드 드립 방식으로 내린 아이스커피로 주문했다. 그때 아내가 혼잣말처럼 나지막이 말했다.

"그 아저씨, 멋있다. 그치?"

"응. 예술가에게 예술이란 건 어쩌면 스스로를 치유해 나가는 각자만의 행위겠지. 그거면 충분한 걸 거야. 그치? 그나저나 이 커피 되게 맛있다. 오늘 같은 날씨에 딱이야. 꿀 같은 단맛이 올라와서 왠지 힘이 나는 느낌이랄까. 같은 걸로 한 잔 더 사서 그 아저씨한테 갖다 드릴까?"

나도 그 화가에 대해 생각하고 있던 차였다. 아내도 분명 우리 앞에 놓인 아이스커피를 보며 여전히 그 밀짚모자를 눌러쓴 채 같은 자리에서 그림을 그리고 있을 그 화가를 떠올렸을 것이다. 그렇게 아내와 나는 그에게 줄 커피를 손에 든 채 서둘러 왔던 길을 다시 돌아갔지만 아쉽게도 그를 다시 만나지 못했다. 나는 그가 있던 자리에 서서 그에게 전하지 못한 커피를 바라보며 이런 생각을 했다.

좋은 커피는 생생한 붉은색의 커피 체리 상태에서 씻기고, 건조되고, 뜨거운 불에 볶아지고, 마치 갈색의 곡물 같은 모습이 되고, 톱날에 갈려도 그리고 마지막으로 뜨거운 물에 씻겨 갈색의 액체 상태가 되어도 여전히 그 안에 커피 체리의 과육이 가졌던 단맛과 생기를 그대로 지니는 법이다.

갈색으로 그을린 그의 팔과 가냘프리만큼 뾰족하게 갈린 그의 연필심 끝에도 여전히 그의 뜨거운 열정이 담겨 있듯이 말이다.

커피 잔 없이
커피를 마실 수 없기에

with
Colombia
Geisha

in Tokyo

나도 나이가 든 걸까?

이런 생각을 하게 된 건 해 질 녘 도쿄의 오모테산도, 인적이 드문 골목에 자리 잡은 한 식기 가게를 구경하던 중이었다. 아마도 가게 안을 가득 메운 '고요함'과 '적당한 무게감'이 참 좋다는 생각을 했기 때문일 것이다.

내가 커피 잔에 관심을 갖게 될 줄이야. 최근 들어 거울을 보다 노란색 볼캡을 쓴 내 모습이 그날따라 되게 어색해 보였을 때도 문득 내 나이를 떠올렸고, 별 이유 없이 아침에 침대에서 일어나기 힘들 때, 라테보다는 핸드드립 커피를 더 자주 마시게 됐을 때도 이런 생각을 했었지만 이번엔 기분이 조금 달랐다. 왠지 이대로 나이가 드는 것도 나쁘지 않을 것 같았달까? 생각해보니, 언제부턴가 무언가를 '오래 바라보기'를 즐기게 된 것 같다. 무엇이든 오래 보면 별것 아닌 것에서도 피식 웃을 수 있는 재밌거리나 앙증맞은 귀여움을 발견하게 된다. 그 덕분에 일상에서 느끼고 누릴 수 있는 깨알 같은 즐거움이 많아진다면 나이를 먹는 것도 그다지 서글픈 일만은 아니다. (최근에는 심지어 작은 돌멩이들마저 예뻐 보이기 시작했으니 이 세상이 얼마나 아름다워 보이겠는가!)

여전히 20대 때처럼 오늘도 시부야와 하라주쿠, 오모

테산도의 새로 생긴 카페와 가게들을 구경하느라 온종일 돌아다녔지만 나는 결국 이곳—마치 잠들어 있는 커피잔과 그릇들을 깨우기라도 할까 봐 들릴 듯 말 듯 클래식 음악만 틀어놓은 도자기 가게 안—에서 가장 큰 기쁨을 느끼고 있는 나 스스로를 부정할 수 없었다. 부드러운 색채와 적당한 무게감을 가진 다양한 그릇이 차분한 간격을 두고 놓여 있는 모습을 바라볼 때 느낄 수 있는 나긋나긋해지는 기분을 어렸을 땐 왜 몰랐을까?

하긴, 그때의 나는 매 순간 빠르게 변하는 것들이 좋았다. 음악이나 커피에 대한 취향도 그랬고, 연애관도 이상형도 휙휙 변하고, 뒤집혔다. 반면 가만히 있거나 혹은 조용히, 천천히 움직이는 모든 것은 지루했다(그중에서도 가장 지루한 게 뭐였냐고 묻는다면 아마도 바로 지금의 나처럼 '나이 먹은 어른들'이라고 표독스레 대답했을 것이다.).

나는 단아한 선의 하얀 주전자와 서양 배를 나란히 올려둔 단아한 수납장을 바라보며 그래도 현재의 내가 20대 때의 나보다는 조금 '어른의 안목'이 생긴 듯해 겨우 안도했다. (사람은 누구나 나이를 먹기에 꼰대가 되지 않는 유일한 길은 오직 그에 맞는 나잇값을 하는 것이리라.)

"커피 한 잔 드릴까요?"

커피 잔들의 고운 선에 흠뻑 취해 있던 내 등 뒤에서 누군가 조용히 영어로 말을 걸었다. 뒤를 돌아봤더니 붉은 얼굴의 서양인이 생글생글 웃고 있었다. 파스텔 톤의 핑크와 블루 컬러가 믹스된 카디건과 큰 코에 걸쳐진 동그란 안경이 인상적이었던 그는 자신을 멜버른에서 온 바리스타 겸 커피 칼럼니스트라고 소개하며 나에게 자신의 명함을 내밀었다. 명함에는 흑백의 담백한 선으로 그려진 그의 얼굴과 삐뚤삐뚤한 글씨로 쓰인 그의 이름—'본Vaughan'—만 적혀 있었다.

"오늘은 이 가게의 주인이자 제 친구인 유미코 씨의 부탁으로 특별히 일일커피 시음회를 열었어요. 저쪽 구석에서 하루 종일 커피를 내렸죠. 곧 문 닫을 시간이라 커피는 한 종류밖에 남지 않았지만 어쨌든 오늘 하루 동안 손님들께 유미코 씨가 만든 잔을 직접 사용하실 수 있는 기회를 만들자는 취지였으니까요."

그는 그가 싸두었던 가방을 열어 지퍼백 하나를 꺼냈다.

"콜롬비아 게이샤입니다. 오호, 다행히 딱 한 잔은 나오겠네요. 자, 이제 이 중에서 원하시는 잔을 고르세요."

맙소사, 이건 다행인 정도가 아니라 엄청난 행운이었다. 콜롬비아 게이샤도 좋지만 그보다는 유미코 씨가 만

든 커피 잔들을 보려고 들어온 가게에서 직접 그 잔으로 뭔가를 마실 수 있는 기회가 생겼으니 말이다.

나는 여리여리한 벚꽃색을 닮은 귀여운 잔을 하나 골랐다. 그때 등 뒤에서 또 다른 목소리가 들려왔다.

"'토이^{toy}'라는 이름의 잔입니다. 귀엽죠? 어린이들이 갖고 노는 장난감처럼."

가게 안에 흐르던 잔잔한 피아노 연주곡만큼이나 부드러운 목소리. 하지만 당당함이 느껴지는 목소리의 주인공은 이 가게의 주인이자 이 모든 그릇을 만든 유미코 씨였다. 본이 내려준 환상적인 커피 한 잔—내가 고른 핑크색 잔에 담긴 투명한 갈색의 게이샤 커피—을 마시는 동안 그녀는 자신이 만든 그릇들에 대한 이런저런 이야기를 들려줬다. 그중에는 도쿄를 대표하는 커피 로스터리인 오니버스^{Onibus}와의 협업, 이제는 스타벅스만큼이나 유명해진 블루보틀^{Blue bottle}과의 협업으로 만든 커피 잔에 대한 이야기도 있었다.

나는 50ml가 채 담기지 않을 것 같은 작은 커피 잔과 잔 받침을 서로 다른 색으로 두 세트 골랐다. 한 세트는 밤하늘을 닮은 짙고 푸른색 잔에 새하얀 잔 받침, 또 한 세트는 보드라운 흰 질감의 잔과 호주의 투명한 색을 닮은 연한 민트색의 잔 받침으로 골랐다.

나는 작은 커피 잔을 좋아한다. 커다란 머그컵과는 또 다른 낭만이 있기 때문이다. 두세 모금 마실 양밖에 담기지 않는 작은 커피 잔이기에 조금씩 입에 머금고 더 오래 음미하게 되는 데다, 좋은 커피는 한 번에 250ml 정도 만들 수 있어 아내와 둘이서 마시면 몇 번이나 서로 빈 잔을 채워줄 기회가 있기 때문이다. 나는 내가 고른 물건을 정성스레 포장하는 점원들의 모습을 보며 자연스레 그런 오붓한 순간을 떠올렸다. 아마 유미코 씨도 그런 마음으로 이 커피 잔들을 만들었으리라.

역시 나이가 든 걸까? 오늘은 커피 대신 커피 잔에 대한 이야기만 잔뜩 해버렸다.

라이벌의 커피,
친구의 커피

with
Ethiopia
Aricha

|

in Mangwon—dong

"사장님, 옆 블록으로 꽤 멋져 보이는 카페가 새로 생겼던데요?"

작년 6월의 어느 날, 매니저 네코 상이 약간 긴장한 듯한 표정으로 조심스레 말을 이었다.

"밖에서 얼핏만 봐도 커피가 맛있을 것 같다는 느낌이 확 들더라고요. 인테리어, 패키지, 컵, 스티커 디자인도 굉장히 신경 쓴 느낌이고……."

네코 상은 애매하게 말을 흐렸지만 뒷얘기는 굳이 듣지 않아도 될 것 같았다. 그의 눈빛으로 충분히 전해지고 있었기 때문이다.

'사장님, 저희 가게 매출에 타격이라도 생기면 어떡하죠? 불안하네요.'

"에이, 커피 맛에 집중하는 카페들이야 동네에 많이 생기면 생길수록 좋죠. 여긴 아직 그런 카페들이 없어서 약간 외롭기도 했었잖아요. 실력파 카페들은 각자마다 추구하는 맛과 멋이 확고한 법이니까 우린 우리 스스로에게 집중하자고요. 하하하…… 네코 상, 설마 자신 없는 건 아니죠? 그나저나 그 카페, 어디쯤인가요?"

내 다독임에도 네코 상은 여전히 걱정이 가시지 않는 눈치였다.

다음 날 아침, 나는 자연스레 네코 상이 발견한 '새로운 라이벌'을 찾아가 내 눈과 내 미각으로 직접 확인해보기로 했다. 그 카페의 위치는 한강 공원으로 가는 나들목에서 가깝긴 하지만 일반적으로는 카페를 하기에 그다지 좋은 입지라고는 할 수 없다. 오래된 다세대 주택들이 빼곡히 늘어선 이 길을 나도 종종 지나곤 하는데, 언제나 인적이 드물고 조용하다. 하지만 직접 로스팅을 하는 카페라면 이런 위치도 꽤 괜찮은 입지 조건이라고 할 수 있다. 카페 내부에 큰 부피를 차지하는 로스팅 머신을 두려면 꽤 넓은 공간을 필요로 하기 때문이다. 그런데 이미 상권이 형성된 곳에 넓은 가게를 얻기엔 월세가 부담되는지라 로스팅 카페들은 인적이 드문 곳에 위치하는 경우도 적지 않다. 상권이 형성된 지역이 아니라 하더라도 원두를 볶을 때마다 오래된 좁은 골목 사이로 은은하게 퍼지는 고소한 커피 향은 운치가 있기에 그 향기에 이끌린 동네 사람들로 인해 뜻밖의 성황을 이루는 카페들도 꽤 있다. 그리고 요즘은 대로변에 위치한 대형 카페보다 골목 사이를 탐방하다 우연히 발견하게 되는 작은 카페에 더 흥미를 느끼는 젊은 친구들도 많아졌다. 매니저 네코 상이 그랬듯 밖에서만 봐도 왠지 커피 맛에는 자신 있다는 인상을 주는 데도 한몫하니까 말이다.

'M1CT? 뭐라고 읽는 거려나? 무슨 약자인가? 망원씨티?'

M1CT는 문을 열기 10분 전이었고, 나는 안이 훤히 내다보이는 쇼윈도를 통해 카페 구석구석을 둘러봤다. 미니멀하면서도 스트리트 컬처가 자연스레 묻어 있는 감각적인 디자인과 인테리어였다. 라마르조코 에스프레소 머신이 보이고, 그 뒤로 위치한 로스터기도 보였다.

'와아, 이건 기본에 굉장히 충실한 세팅이다. 과시하는 듯한 구석도 없고, 억지스럽게 멋을 부리지도 않았어. 여기 커피 진짜 맛있을 거 같네……. 라이벌이다, 분명 굉장한 라이벌이야.'

"저, 손님. 들어오셔도 괜찮습니다. 아까부터 안에서 손짓을 열심히 했었는데 모르시는 것 같길래…… 하하하."

네코 상과 같은 생각에 빠져 심각한 얼굴을 하고 있던 나는 나지막하면서도 친절한 여자 분의 목소리에 화들짝 놀라 급히 머쓱한 표정을 지으며 가게 안으로 들어섰다.

"저희 오픈한 지 며칠 안 됐거든요. 동네 분들이 지나실 때마다 다들 뭐가 생겼나 힐끔힐끔 보시기는 하는데 아직까지는 낯을 가려서 그러는지 들어오질 않으시더라고요. 하하하."

이번엔 남자 분이 정겹게 나를 맞아주었다.

난 그렇게 카페 M1CT(망원씨티)의 첫 손님이 되었다. 나를 맞이한 두 사람은 부부였다. M1CT는 직접 로스팅을 하는 카페답게 다양한 원두들을 갖추고 있었다. 나는 그중에 에티오피아 아리차를 핸드 드립으로 한 잔 주문했다. 초여름의 나른한 오전 시간에는 산뜻한 산미가 도는 커피가 어울릴 것 같았다. 남자 사장님은 커피를 내리며 이야기를 이어갔다.

"여기 오기 전에도 마포에서 카페를 운영했어요. 항상 바쁜 편이고, 매출도 좋았죠. 그런데 그곳에서 문을 닫고 여기로 온 건 아내와 저의 결심 때문이에요. 걱정도 되지만 그래도 저희는 돈을 많이 벌고 싶은 게 아니라 정말 맛있는 커피를 만들고 싶더라고요. 싼 가격, 양이 많은 커피로 승부하는 오피스 밀집 지역에서는 맛있는 커피를 만들어 파는 건 진짜 어려운 일이거든요. 그래서 이 동네로 왔어요. 망원동은 그래도 요즘 핫플레이스니까 유행에도 민감하고 커피 맛에도 예민한 손님들이 많을 것 같아서요. 그래서 이렇게 저랑 안 어울리는 스냅백도 쓰고 있는데 하하하…… 그런데 너무 조용해서 솔직히 요즘

좀 당황스러워요. 하루에 이 길을 지나는 사람이 열 명도 안되는 날도 있더라고요. 그리고 오래된 동네라 그런지 아직은 동네 분들 텃새도 좀 있는 것 같고요. 하지만 그래도 언젠가는 알아주시겠죠, 뭐. 진짜 맛있는 커피를 만들 자신은 있거든요."

"저도 똑같은 마음으로 이 동네에 카페를 열었어요. 그리고 1년째 사장님과 똑같은 어려움을 겪고 있어요. 하지만 언젠간 우리 동네 사람들도 진짜 맛있는 커피를 만드는 카페들을 인정해주는 날이 올 거라고 믿습니다. 하하하……."

나는 결국 저 옆 블록에 있는 모티프 커피바의 사장이라고 스스로를 소개해버리고 말았다. 그의 이야길 듣고 있자니 라이벌이 아닌 '친구'가 되고 싶었기 때문이다.

"아하, 모티프! 저희도 잘 알죠. 출근할 때 늘 그 앞을 지나거든요. 저희도 가봐야지 가봐야지 하면서 아직 못 가봤는데, 조만간 꼭 커피 마시러 가겠습니다."

그렇게 우리는 서로 SNS 팔로우를 하고 연락처도 주고받았다. 망원동의 커피 문화 발전이라는 거창한 목표를 위해 의기투합하기로 했다. 그가 커피를 내리는 몇 분 동안 벚꽃이 피면 그 길에 마음이 맞는 카페들끼리 모여

노점을 열고 커피 페스티벌을 해볼까, 서로의 커피를 소개하는 팝업존을 만들까, 아니면 정기적으로 몇몇 카페들끼리 동네 바리스타 챔피언십 같은 이벤트를 해볼까 등 신나는 아이디어가 오고 갔다.

나는 이렇게 새로 생긴 친구가 정성스레 내려준 아리차 커피 한 잔을 든 채로 그 근방을 조금 더 걸어 다니기로 했다. 하지만 걸어 다니는 내내 동네 놀이터에서 혼자 그네를 타고 있는 여학생 한 명 말곤 아무도 마주치지 않았고 이내 다시 걱정이 됐다. 그럴 때마다 다시 커피를 한 모금 입에 머금었다가 천천히 삼켰고, 그러면 하늘로 곧장 솟아오르는 그네처럼 경쾌한 산미가 입에서 퍼졌다.

참 인상적인 커피였다. 분명 동네 사람들도 이 맛을 알게 되는 날이 오리라.

My
Old Friend

with
Black
Coffee

in Roppongi

롯폰기의 낡은 건물 5층, 재즈 하우스 알피^{Alfie}의 구석

자리에 앉아 음료 메뉴를 뒤적이던 나는 고민 끝에 마시

지도 않을 와인 한 잔을 주문했다. 평소라면 술은 거의

마시지 않지만 그래도 왠지 커피 대신 다른 것을 시키고

싶었다. 나는 커피를 피하는 내 모습에 새삼스레 놀랐다.

사실 지난 며칠간 커피를 한 잔도 마시지 않았기 때문이

다. 그렇게도 커피를 좋아하던 내가 언제부턴가 커피를

지겨워하고 있었다.

커피를 열정적으로 좋아한 지 10여 년만이었다. 권태

감의 가장 큰 원인은 모티프 커피바를 시작한 것일 테니,

'내 카페의 문을 연 지 2년 만에' 이런 기분을 느꼈다고

하는 것이 옳을 것이다. 혹자는 '그러니까 정말 좋아하는

건 영원히 취미로 남겨두라 하지 않았냐'고 하겠지만 나

로서는 어쩔 수가 없었다. 애당초 나라는 사람은 '정말

좋아하는 것'을 취미로만 남겨둘 수는 없는 타입이기 때

문이다. 오히려 만약 내가 커피를 단지 취미로만 즐기고

있었다면 그건 '진심으로 좋아하지 않아서'였을 것이다.

나의 경우에는 취미에서 일이 되는 시점부터 전력으로

좋아하게 된 경우가 더 많으니까. 음악도, 책을 쓰는 일

도, 커피도 그랬다.

아무튼 그런 의미에서 삶이란 정말 잔인하다. 좋아하는 일을 하면서 살아야 행복해진다고 하지만 좋아하는 일을 하며 사는 건 결코 쉬운 일이 아닌 것을. 게다가 겨우 좋아하는 일을 하며 행복하게 잘 살던 사람을 왜 또 행복한 채로 두지 않느냔 말이다!

짧은 여행의 마지막 날, 조용히 재즈 공연이 보고 싶어 급하게 검색해 찾아온 탓에 공연에 대해 아무런 정보도 없었지만 자리에 앉은 채로 가게 내부를 둘러보던 나는 실루엣만으로 두 명의 연주자를 알아볼 수 있었다. 겨우 스무 명 남짓 들어갈 수 있는 좁은 재즈 바의 가장 깊은 구석에 앉아 커피를 홀짝이며 대화를 나누는 두 사람. 공연 시작 시간인 저녁 9시 30분이 가까워질수록 자주 손목시계를 보며 시간을 체크하고 있었기 때문이다.

9시 27분. 어스름한 조명이 켜진 작은 무대 위로 그 두 사람이 올라섰다. 한 명은 천천히 목에 기타를 걸었고, 다른 한 명은 육중한 콘트라베이스를 꺼내어 조율을 시작했다. 조명 아래 서자 두 연주자의 얼굴이 정확히 보였다. 두 사람 다 70대 노인이었다. 자신의 몸보다 커 보이는 악기 때문에 유난히 더 나이가 들어 보이는 콘트라베이스 연주자는 사운드 체크를 하던 중간에 갑자기 악기를 놓고는 머쓱한 듯 웃으며 마이크를 들었다.

"아, 잠시 급하게 화장실에 다녀와야 할 것 같습니다. 하하 제 친구가 먼저 시작하도록 하겠습니다."

그러자 기타 튜닝을 하고 있던 그 친구는 손가락으로 스스로를 가리키며 놀란 얼굴로 웃고 있었다.

"이봐. 오늘은 기타 솔로로 시작하자고, 하하하. 자, 소개합니다. 기타에 마쓰이이이~!!"

이렇게 황급히 친구 분을 소개한 콘트라베이스 연주자는 다시 어둠 속으로 서둘러 사라졌고, 홀로 남은 기타 연주자는 오래된 깁슨 기타 튜닝을 마친 후, 머쓱한 웃음을 지으며 나지막이 연주를 시작했다. 프레이즈는 어렵지 않았고, 연주 또한 날이 서 있지 않은 느낌이었다. 그는 손가락을 천천히 움직이며 익숙한 멜로디를 집어나갔다. 종종 실수하는 음들이 들려왔지만 두 눈을 지그시 감고 연주하는 그는 전혀 아랑곳하지 않고 지금 이 순간을 즐기고 있는 느낌이었다. 그의 연주를 듣는 도중에 주문한 하우스 와인 한 잔이 내 앞에 놓였다.

화장실에 다녀온 콘트라베이스 연주자는 기타 연주자

의 솔로를 방해하지 않으려는 듯 다시 조용히 무대 위로 올라왔다. 그는 자신의 몸집보다 훨씬 육중한 콘트라베이스를 안은 채 굵직한 현을 힘 있게 튕겨가며 연주를 시작했다. 그의 연주도 기타를 치고 있는 친구의 연주와 비슷한 결이 있었다. 편안한 음들을 일부러 고르고 고르는 느낌이랄까. 조금의 실수는 아랑곳하지 않으면서 연주 자체를 즐기고 있었다. 그 후로 비슷한 몇 곡이 이어진 후 콘트라베이스 주자가 다시 마이크를 잡았다.

"고맙습니다. 여기 기타를 치고 있는 이 친구와 저는 50년이 넘도록 함께 연주를 하고 있습니다. 사실 저는 피아니스트가 되고 싶었는데 어쩌다 보니 50년째 콘트라베이스를 치고 있네요. 하하하. 이어지는 곡은 옆에 있는 이 친구와 오랜만에 함께 연주하고 싶어서 골라봤습니다. 곡목은 My Old Friend."

곡 소개가 끝나자 두 사람은 서로 눈을 마주치고는 웃었다. 그러고는 이내 콘트라베이스 연주자는 핑거 스냅으로 스윙 리듬을 튕기며 원, 투, 원 투 쓰리, 포하고 카운트를 세고는 진지하게 연주를 시작했다. 연주는 정말 아름다웠다. 두 노인의 연주는 마치 대화처럼 느껴졌다. 실제로도 두 사람은 연주하는 내내 서로를 쳐다보며 의

견을 조율하거나 농담을 주고받듯 웃기도 했다.

'뭐, 조금 틀리면 어때? 이대로 즐기자고. 안 그런가 친구? 자 나는 이렇게 진행할 테니 자네도 따라올 텐가? 하하하, 그렇지. 그렇게 이어간다면 이번엔 내가 이렇게 자네를 받쳐주도록 하지.'

나도 모르게 눈물이 났다. 아마도 두 연주자의 모습 자체가 정말 행복해 보였기 때문일 것이다. 그들의 온화한 연주는 진정으로 무엇인가를 좋아한다면 그다지 거창한 것이 아니어도 상관없지 않을까, 그저 오래된 친구처럼 편안하게 곁에 두면 되는 것 아닐까 하고 물어오는 것만 같았다.

그들의 마지막 연주가 끝나고 열 명 남짓의 관객들이 나지막이 박수를 보낼 때 나는 바텐더에게 블랙 커피 한 잔을 주문했다. 연주가 시작되기 전 저 두 연주가가 마시던 바로 그 커피가 마시고 싶어졌기 때문이다. 스페셜티 커피를 전문으로 하는 곳도 아니고, 직접 로스팅을 하는 곳도 아니니 커피 맛이 훌륭할 리 없겠지만 그런 것은 상관하지 않기로 했다. 커피에 대한 권태감은 아마도 그런 기준들에 대한 집착에서 온 것일 테니 말이다. 나는 오랜만에 가정용 커피 메이커로 내린 평범하기 짝이 없는 커피 한 모금을 입에 머금은 채 눈을 감았다. 그리고 한 모금의 커피가 가슴을 타고 내려가 몸 안에 온기가 퍼질 즈음, 커피에 대한 애정이 다시 서서히 살아나 있음을 느꼈다. 그 전과는 조금 다른 느낌으로 말이다.

'그래, 좀 더 편안하게 대해야겠다. 오래된 친구를 곁에 두듯이.'

커피를 나의 10년 지기 친구라고 한다면, 내가 그에게 처음 같은 열정을 지니는 것도, 그에게 여전히 새롭고 특별한 매력을 기대하는 것도 억지스러운 것일 테니 말이다.

P.S.

나중에 알게 된 이야기가 있습니다. 그날 콘트라베이스 연주자는 현존 일본 최고의 재즈 베이시스트 요시오 스즈키 씨였던 것입니다. 그러니 그의 연주를 들으며 제가 눈물을 흘렸던 것도 당연한 일이었는지 모릅니다. 그의 연주 테크닉은 어쩌면 굉장히 평이한 수준이었지만 분명 기교를 넘어선 어떤 경지의 연주였던 것이지요. 그는 50년이 넘도록 콘트라베이스를 연주하며 얼마나 많은 권태를 느꼈을까요? 그리고 얼마나 많은 극복이 있었을까요?

요시오 스즈키 씨의 연주를 들으며 무언가를 그토록 오랫동안

좋아해온 사람의 모습에서는 이루 말할 수 없는 감동이 느껴진다

는 걸 알게 됐습니다

커피의
끝까지 오셨네요

with
Espresso

in Rome

오전 7시, 바르베리니 광장으로 가던 길에 에스프레소 한 잔이 마시고 싶어져서 자그마한 카페에 들어갔다. 삼일째 이 앞을 지나치면서도 처음 들르는 곳이었다. 그만큼 눈에 띄지 않는 작은 가게였지만 로마에서는 그럴수록 오히려 커피 맛이 인상적인 경우가 많았다.

　작은 카페 내부는 커피로 아침을 시작하려는 사람들로 붐비고 있었다. 들어가고 나오는 사람들의 어깨 사이를 비집고 들어가 에스프레소 한 잔을 겨우 주문하고는 가게의 한쪽 구석에서 사람들을 구경하다가 새로운 걸 발견했다. 바리스타로부터 에스프레소를 건네받은 손님들은 모두 받자마자 그 안에 '각설탕 하나'를 퐁당 빠뜨리고는 티스푼으로 두세 번 휘휘 저어 한 입에 털어 넣는 것이었다. 그 장면은 나에게 꽤나 충격적이었다. 사실 커피 애호가를 자처하면서도 로마에 도착하기 전까지는 에스프레소에 설탕을 넣어본 적이 없었기 때문이다. 설탕은 에스프레소의 강렬하면서도 풍부한 맛을 단순히 '쓴 맛'인 줄로만 아는 '초보자들'에게나 필요한 것이라 치부하고 있었다. (부끄러움에 얼굴이 금세 빨개졌다.)

　내가 이런 생각을 하게 된 건 나에게 처음으로 커피 맛을 알려준 '내 인생 첫 단골 카페'의 주인아저씨와의 일화 때문이었다. 그 카페 단골이 된 지 얼마나 지났을까. 막 가을이 됐을 즈음의 어느 날이었다. 카페 깊숙한 곳의 2인석 테이블에 자리를 잡고 앉으려는 데 바 쪽에 있던 주인아저씨가 나를 다시 불렀다.

"이리 와봐요. 이거 한 번 마셔볼래요."

바 쪽으로 다가가자 바 위에는 새하얗고 자그마한 데미타세 잔 세 개가 나란히 놓여 있었고, 그 안에는 각각 마치 화성이나 목성의 표면처럼 신비로운 무늬를 띤 캐러멜 색의 에스프레소가 담겨 있었다.

"오늘은 이거 한 번 마셔보세요, 에스프레소야말로 커피의 정수라고 할 수 있어요. 손님이 점점 커피 맛을 알아가시는 것 같아서 오늘에서야 권해드립니다. 처음에는 굉장히 쓰게 느껴지실 수 있지만요, 잘 음미해보면 분명히 좋아하게 되실 거예요. 오늘은 제가 권해드린 거니까 돈은 받지 않을게요."

"그런데 왜 세 잔씩이나……."

"아, 셋 다 조금 세팅을 다르게 해서 추출한 거거든요. 어떤 게 맛있다고 말하긴 어려워요. 각자만의 성격이 있거든요. 그 섬세한 맛의 차이도 한 번 느껴보시라고요.

하하하."

"왠지 엄청 쓸 것 같은데 설탕을 넣으면 안 되나요?"

"커피 고유의 맛을 느끼려면 이대로 드셔야 해요. 이 작은 잔 안에 이미 단맛, 쓴맛, 신맛, 짠맛이 모두 들어 있거든요. 그걸 제대로 느낄 수 있을 때 커피를 정말 좋아하시게 될 거예요."

그날 마셨던 나의 첫 에스프레소는 정말 환상적이었다. 마치 언제나 봐와서 한없이 익숙할 것 같은 사람의 가장 매력적인 모습을 이제서야 발견하게 된 느낌이었달까. 오후의 노란 빛이 깊게 들이치던 카페 안의 풍경, 입안에서 느껴졌던 충격적일 정도로 강렬하고 풍부한 맛, 그리고 목 넘김 이후에 오랫동안 입안에 남았던 그 감미로운 향은 15년 가까이 지난 지금까지도 입안에 남은 듯 여전히 생생하다. 하지만 그보다 더욱 강렬했던 것은 에스프레소 첫 잔을 마시고 데미타세 잔을 바에 내려놓던 순간, 카페 주인아저씨가 했던 말 한마디다.

"이렇게 해서 커피의 끝까지 오셨네요. 축하드립니다."

'커피의 끝'이라니. 정말 근사한 칭찬을 들은 기분이었다.

그 칭찬의 여운이 얼마나 강렬했기에 나는 15년이 넘도록 에스프레소에 설탕을 넣을 생각을 하지 못했던 걸

까. 에스프레소의 도시 로마에서도 설탕을 넣는 것이 매우 일반적이라는 사실을 내 눈으로 직접 보고나서야 비로소 그 맛이 궁금해지다니. 그러고 보면 '끝'이라는 말만큼 사람을 안일하게 만드는 말도 없다. '커피의 끝'이라는 단어가 사실은 커피의 새로운 시작이었어야 했는데 말이다.

나는 처음으로 에스프레소에 각설탕을 퐁당 빠뜨리고는 티스푼으로 가볍게 저은 후(설탕이 완전히 녹지 않도록. 이것이 포인트다.), 입안 가득히 한 모금에 털어 넣었다. 설탕은 '신의 한수'였다. 설탕의 단맛은 다른 맛들을 가리는 것이 아니라 오히려 다른 맛들까지도 모두 입안에서 더 풍부하게 살려내는 역할을 했다. 에스프레소가 목을 타고 넘어간 후에도 여전히 입안에 남은 다채로운 커피 향은 마치 오케스트라의 여음처럼 풍성하고 길게 남았다. 그리고 여기서부터가 가장 사랑스러운 포인트다. 덜 녹은 채로 커피 잔 바닥에 남은 설탕. 에스프레소를 머금어 진하고 끈적한 갈색 시럽처럼 보이는 그 설탕을 티스푼으로 긁어서 입안에 넣으면 그 자체로 커피와 어울리는 훌륭한 디저트가 되는 것이다. 이보다 더 완벽한 커피가 있을까.

'오늘 하루도 여러 가지 일들이 있겠지만, 결국 끝은 달콤하게 마무리되길.'

설탕을 넣은 에스프레소 안에는 이런 의미가 숨겨져 있는 게 아닐까 싶은 생각을 하니 한동안은 설탕을 넣은 에스프레소를 즐기고 싶어졌다. 다만, 언제까지나 그러지는 않을 것이다. 커피에는 끝이 없다는 사실을 알게 되었으므로.

당신은 어떤 커피를
마시고 싶은가요?

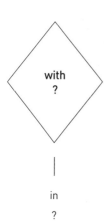

with
?

in
?

오랜 역사를 간직한 카페, 클래식이나 비밥 재즈가 흐르는 어둑한 바 안에서 포마드로 머리카락을 말끔하게 빗어 넘기고 선이 곧게 살아 있는 와이셔츠의 소매를 걷어붙인 채로 커피를 만드는 데 열중한 바리스타의 모습을 본 적이 있는 사람이라면, 한 번의 호흡마저도 마치 숭고한 의식처럼 느껴지는 그들의 핸드 드립 커피를 마셔본 적이 있는 사람이라면, 한 잔의 커피가 만들어지는 모든 순간들의 합이 커피의 맛으로 치환되는 듯한 기분을 느끼지 않을 수 없다.

손님들의 면면을 세심히 관찰하고 각자 손님에게 어울릴 법한 빈티지 커피잔—수선화나 제비꽃 등이 섬세하게 새겨진 고풍스러운—을 골라 따뜻한 물을 부어 잔을 미리 데워두는 모습, 드립포트의 물줄기가 커피 가루 위로 한 방울씩 미세하게 떨어질 때 커피향을 머금은 새하얀 수증기가 아련하게 피어오르는 모습을 보고 있으면 나도 모르게 허리를 곧게 세우고 정중한 자세로 테이블 위에 놓인 잔을 마주하게 된다. 마치 커피에 대한 바리스타의 '철학'을 정면으로 마주한 듯한 느낌이 들기 때문이다. 이렇게 만들어진 커피 한 잔에는 말 그대로 어떤 '정취'가 담겨 있다.

반면, 현재 세계 커피 트렌드의 최전선인 미국 샌프란 시스코나 포틀랜드의 유명한 카페에서는 굉장히 다른 광경이 펼쳐진다. 마치 창고 같은 공간, 무심한 듯 자연스러운 인테리어, 다양한 커피 도구들로 가득한 바 안에서 수염을 기르거나 독특한 헤어스타일을 하고 팔 전체를 타투로 뒤덮은 젊은 바리스타들은 올드 스쿨 힙합이나 90년대 유행했던 댄스 팝을 크게 틀어놓고 음악에 맞춰 리듬을 타며 손님들과 와자지껄 얘기를 주고받다가 일회용 종이컵에 커피를 부어 툭툭 내민다.

그렇다고 그들이 커피를 대충 만드는 것은 결코 아니다. 그들은 순식간에 소수점 둘째 자리까지 정확히 표시되는 디지털 저울과 온도가 1도 단위로 체크되는 전기 커피포트를 사용하며, 추출된 커피를 한 방울만 스포이트로 찍어 떨어뜨리면 물과 커피의 농도를 체크하는 작은 휴대용 기계를 사용해 커피 추출 시간을 1초 단위로 나눠 커피 맛을 수치화한다. 이들은 수치화되지 않는 '손맛', '연륜'이라는 단어들 대신 모든 수치가 일정하면 당연히 일정한 맛이 나온다는 논리와 과학을 믿는다. 이러한 커피는 집요할 정도로 '과학적인' 커피라 할 수 있다.

그렇다면 '정취의 커피'와 '과학의 커피'. 두 가지 커피

중 어떤 것이 더 '좋은 커피'일까? 누구나 이런 궁금증을 가질 수 있다. 하지만 이런 질문은 마음속에만 담아두는 편이 좋다. 요즘처럼 어떤 쪽이든 모두 '개취(개인의 취향)'로 존중받는 시대에 섣불리 결론을 기대하는 질문을 했다가는 '꼰대' 소릴 듣기 십상이니까.

그보다는 우선 극명하게 다른 두 방향이라 하더라도 양쪽의 바리스타들 모두 '커피에 대해 유난스러운 애정'을 갖고 있다는 점에서는 다르지 않다는 사실을 이해해야 한다. 단지 각자 애정하는 방법이 다를 뿐이다. 그다음은 그들의 '유난스러움' 자체를 긍정적으로 받아들여야 한다. '커피 한 잔'을 단지 맑은 정신으로 하루를 시작하기 위한 습관 정도로 여기거나 혹은 사람들과의 부드러운 대화를 위한 매개체 정도로 생각하는 사람들에게는 두 경우 모두 '유난스럽다'고 여겨지겠지만 사실, 누구나 자신이 사랑하는 것들—자녀들이나 반려동물에 대해서는 '유난스레' 정성을 쏟기도 하고 자신이 좋아하는 스포츠에 대해서는 '유난스레' 데이터를 들먹이지 않던가. 어쩌면 유난스러움이야말로 이 세상을 바꾸는 커다란 동력이며, 타인의 다양한 유난스러움을 이해하는 것이 우리의 일상을 풍요롭게 만드는 길이라 생각한다.

　그렇기에 우리가 해야 할 질문은 따로 있다.

　첫 번째 질문, '정취'가 가득 담긴 커피와 '과학과 통계'로 완벽을 추구한 커피의 맛은 과연 어떻게 다를까?

　그리고 다음 질문, 나는 둘 중 어떤 커피에 더 끌리는가?

　나도 이 글을 읽는 여러분의 대답이 몹시 궁금하지만 나로서는 여러분의 대답을 들을 수 있는 방법은 없으므로 위의 질문들에 대한 나의 대답으로 이 글을 마무리할까 한다. 어렸을 때 읽었던 로맹 가리의 단편 소설에서 대충 이런 구절을 읽었던 것 같다. 정확히 기억나진 않지만 이런 느낌의 문장이었다.

　'만약 정말로 사랑이 그저 뇌에 전달되는 전기 신호에 불과하다면, 그것이 사실이라 하더라도 나는 차라리 그 사실을 모른 채 그저 나의 진심이라 믿고 사랑하고 싶다.'

　커피에 대한 내 생각도 이와 비슷하다. 나는 커피 맛이 단지 어떤 성분과 비율에 따라 정해진다고 믿고 싶지 않다. 그것이 과학적 사실이라 하더라도 말이다. 우리가 실험실에 갇혀서 눈을 가린 채 커피를 마시는 것이 아니지 않는가. 어디선가 좋은 음악이 흐를 때, 올해 첫 차가운 바람이 불어올 때, 좋아하는 사람과 마주하고 있을 때…….

똑같은 커피도 분명 훨씬 맛있게 느껴지니까.

서로 섞이고
완벽히 녹아들 시간

초판 1쇄 인쇄 2019년 12월 1일
초판 1쇄 발행 2019년 12월 10일

지은이 에그 2호
펴낸이 유정연

편집장 장보금
책임편집 김경애 **기획편집** 백지선 신성식 조현주 김수진 **디자인** 안수진 김소진
마케팅 임충진 임우열 이다영 박중혁 **제작** 임정호 **경영지원** 박소영

펴낸곳 흐름출판(주) **출판등록** 제313-2003-199호(2003년 5월 28일)
주소 서울시 마포구 월드컵북로5길 48-9(서교동)
전화 (02)325-4944 **팩스** (02)325-4945 **이메일** book@hbooks.co.kr
홈페이지 http://www.hbooks.co.kr **블로그** blog.naver.com/nextwave7
출력·인쇄·제본 (주)현문 **용지** 월드페이퍼(주) **후가공** (주)이지앤비(특허 제10-1081185호)

ISBN 978-89-6596-359-2 02810

이 도서의 국립중앙도서관 출판예정도서목록(CIP)은 서지정보유통지원시스템 홈페이지(http://seoji.nl.go.kr)와
국가자료공동목록시스템(http://www.nl.go.kr/kolisnet)에서 이용하실 수 있습니다.(CIP제어번호: CIP2019047142)